이 아이를 삭제할까요?

이 아이를
삭제할까요?

김지숙 소설

차례

파란 나라의 파랑

아빠는 마을마다 그곳만의 색깔이 있다고 했다. 높은 곳에 올라가면 그 마을의 색깔이 무엇인지 알 수 있다. 색깔을 결정하는 요인은 다양했다. 특별한 색을 신성하게 여겨서, 또는 특정한 원료가 많아서 그렇게 되기도 했다.

"어떤 마을은 온통 붉은색이었어. 그 지방의 흙은 구우면 붉은빛이 나거든."

"해안 도시에는 원색 페인트로 집 외벽을 칠해 놓은 곳이 많아. 바다에서 배가 돌아올 때 찾기 쉬우라고 그런 거란다."

아빠는 엄마를 만나기 전부터 세계의 이곳저곳을 여행했다. 그때 보고 경험한 것이 도시를 설계하는 데 큰 도움이 되었다고 한다.

"저도 나중에 다른 나라로 여행 갈 수 있어요?"

어렸을 때 내가 물으면 아빠는 내 몸을 번쩍 들어 올리며 말하고는 했다.

"아빠보다 힘이 세지면!"

우리가 사는 곳을 높은 곳에서 본다면 분명 파란색일 것이다. 마을에서 가장 큰 회관 건물도 파란색이었고, 학교 외벽도 파란색이었다. 하지만 사람들이 우리 마을의 원래 이름인 '온새미로'를 놔두고 '파란 나라'라고 부르는 이유는 따로 있었다. 우리 마을에서 가장 높은 곳에 오르면 마을이 마치 푸른색 빛을 끼얹은 것처럼 보였기 때문이다.

"우리 마을은 왜 파란색으로 보여요?"

"그건, 파랑이 네가 있기 때문이지."

내 질문에 아빠는 웃으며 말했다. 엉터리라고 생각하면서도 그 대답이 늘 듣기 좋았다.

내 이름이 파랑이 된 건 엄마가 나를 가졌을 때 파란 하늘이 나오는 태몽을 꿨기 때문이다. 꿈속에서 엄마는 숲에 누워 있었다. 그런데 파란 하늘이 점점 아래로 내려오더니 엄마를 안았다! 하늘이 온몸을 감싸는 기분을, 엄마는 지금도 생생하게 느낀다고 했다.

태몽의 영향인지 나를 가진 내내 엄마는 〈파란 나라〉라는 노래를 흥얼거렸다. 그건 아주 오래된 노래였다. 엄마의 엄마, 그

엄마의 엄마, 그러니까 증조할머니 때에 유명해진 노래다. 노래는 이렇게 시작했다.

> 파란 나라를 보았니 꿈과 사랑이 가득한
> 파란 나라를 보았니 천사들이 사는 나라
> 파란 나라를 보았니 맑은 강물이 흐르는
> 파란 나라를 보았니 울타리가 없는 나라

나는 "어린이 손에 주세요. 손!" 하고 외치며 경쾌하게 끝나는 마지막 부분을 가장 좋아했다. 파란 하늘 꿈과 함께 생겨서 파란 나라 노래를 실컷 들으며 자란 나는 파랑이라는 태명을 받았고 그건 그대로 내 이름이 되었다. 한파랑. 그게 내 이름이었다.

파란 나라에 이사를 온 건 내가 여덟 살 때였다. 엄마와 아빠는 나를 키우기에 좋은 곳을 고심해서 이 마을을 골랐다.
'아이를 키우기에 최적인 마을.'
파란 나라의 어른들은 모두 그렇게 말했다. 그전에 살던 곳은 너무 복잡하거나, 너무 위험하거나, 너무 지저분하다고 했다. 파란 나라는 길이 반듯하고, 눈을 감고 걸어도 안전하고, 어느 곳이나 정돈되어 있었다. 그리고 아이들을 위한 모든 게 갖춰져 있었다.

아빠는 마을 개발자였다. 우리가 살고 있는 '온새미로' 역시 아빠가 개발한 마을이었다. 마을의 모든 곳에서 숲으로 이어지는 산책로와 생김새가 다른 76개의 놀이터도 아빠의 작품이었다. 아빠는 '마을도 생물'이라고 했다. 고래, 하마, 강아지, 새처럼 말이다. 움직이지 않는 마을은 없다는 뜻이었다.

"완벽한 마을이라는 건 없단다. 부족한 부분을 고치면서 살아가는 게 재미있는 거야."

아빠는 그렇게 말하곤 했다. 우리는 산책을 하면서 어떻게 하면 여기가 더 멋진 곳이 될지 이야기를 나누고는 했다. 숲속에 작은 책장을 놓는다거나, 곳곳에 해먹을 달아 보자는 아이디어가 산책 중에 탄생했다.

"마을을 만들 때는 뭐가 중요해요?"

언젠가 내가 던진 질문에 아빠는 고민 끝에 대답했다.

"마을마다 다르지."

"아빠가 저번에 출장 다녀온 곳에서는 뭐가 중요했는데요?"

"그곳은 도로가 중요했어. 온갖 물건이 도로를 통해서 옮겨지니까."

"여기도 도로가 있잖아요."

"그렇지. 하지만 그게 제일 중요한 건 아니잖니."

"여기서 가장 중요한 건 뭔데요?"

내 질문에 아빠는 당연하다는 듯 말했다.

"사람이지. 너희란다."

나도 파란 나라가 아이들을 위한 최적의 마을이라는 데는 동의하지만, 다른 마을에 대한 호기심이 없는 건 아니었다. 출장을 다녀온 아빠를 졸라서 듣는 이야기도 좋았지만, 그보다 흥미를 끄는 건 아이들 사이에 도는 소문이었다.

"어떤 마을은 열 살 때부터 아이들이 돈을 벌어야 한대. 안 그러면 굶어야 하고."

"하루 종일 자물쇠가 걸린 독방에 갇혀서 사는 곳도 있대."

지금이야 다들 비웃지만, 초등학교 때만 해도 파란 나라에 오기 전 자신이 살았던 곳을 부풀려서 얘기하는 아이도 많았다.

"내가 어릴 때 살던 곳에서는 세 살 때부터 말을 타고 칼 쓰는 법을 배워."

"나는 여덟 살 때 자동차 운전을 할 수 있었어!"

자랑 같은 말들이 거짓이라는 건 모두가 알고 있었다. 파란 나라에 살기 이전의 기억은 대부분 흐릿했고, 사실은 아이들도 파란 나라만큼 좋은 곳은 없다고 믿고 있었다.

아빠는 이번 주 내내 출장 중이었다. 일이 많은지 원래 계획했던 날짜보다 출장이 길어졌다. 하지만 아빠는 곧 돌아올 것이다. 이틀 뒤가 내 열네 번째 생일이기 때문이었다.

"한파랑, 얼른 내려와!"

이불 속에서 꾸물거리다가 엄마의 목소리에 몸을 일으켰다. 거실로 나가자 엄마는 빈 커피 잔을 개수대에 넣으며 말했다.

"추워졌으니까 점퍼 입고 가."

나는 눈을 반만 뜨고 식빵을 질겅거리며 고개를 끄덕였다.

"스마일!"

엄마가 손가락으로 내 볼을 꼬집으며 말했다. 나는 입꼬리를 겨우 올려서 웃어 보였다.

뇌과학자인 엄마는 억지로라도 웃으면 뇌가 행복을 가져다준다고 믿었다. 엄마의 서재에는 거대한 뇌 모형이 있었다. 어찌 보면 징그러울 수도 있지만, 나에겐 오래된 장식품처럼 친숙했다. 그 모형을 이리저리 짚어 가며 전두엽이 어디고, 측두엽이 어쩌고 하며 설명하는 게 엄마의 취미였다.

엄마는 파란 나라에 오기 전에는 학교에서 강의를 했는데 지금은 밤이고 낮이고 책상에 앉아서 '저술 작업'에 매달리고 있다. 실제로 엄마 이름으로 나온 책도 몇 권 있다. 그 책들에서 내가 제대로 이해한 건 늘 첫 장뿐이었다.

'세상에서 가장 사랑하는 두 사람을 위해.'

그게 아빠와 나라는 건 묻지 않아도 알 수 있었다.

"학교 끝나고 바로 와. 우렁이도 같이 오고. 우렁이 부모님이 저녁에 바쁘시대."

"알았어요!"

식빵을 우물거리며 집을 나서는 나에게 엄마가 소리쳤다. 학교 정문까지는 뛰어서 3분 30초 남짓이다. 작년까지는 4분이 넘었는데 열네 살이 되고 나서 3분 30초까지 줄었다.

'온새미로 중학교'의 정문이 보였다. 숲이 많은 파란 나라의 학교답게 갈색과 풀색으로 꾸며진 교문을 지각 직전에 통과했다.

학교는 만들어진 지 얼마 되지 않아 교실도 운동장도 모두 새것이었다. 작년까지만 해도 파란 나라에는 중학교가 없어서 초등학교 졸업과 동시에 모두 이사를 가야 했다. 내가 6학년 때 중학교를 만들자는 얘기가 나왔고, 우리는 열네 살이 되고도 파란 나라를 떠나지 않은 첫 번째 아이들이 되었다.

교실에 들어가자 자리에 엎드린 우렁이의 동그란 어깨가 보였다.

"이우렁!"

나는 우렁이 옆 빈자리에 몸을 던지듯 앉았다. 우렁이는 대충 손을 흔들어 보이고는 다시 엎드렸다. 오늘따라 동그란 얼굴이 처져 보였다.

"무슨 일 있어?"

우렁이 대신 뒷자리에 앉은 세림이가 말했다.

"우량이 지금 우울해."

친구들은 발음을 굴려 우령이를 우량이라고 불렀다. 우량아, 하고 부르기도 했다. 우령이 엄마 말에 따르면 우령이는 정말 우량아였다. 우령이가 5.1킬로그램으로 태어났을 때 병원에서 모두 박수를 쳤다고 했다. 그 얘기를 하는 우령이의 엄마는 자랑스러운 기색이었다.

세림이 말대로 우령이의 얼굴이 밝지 않았다. 우령이의 표정은 읽기가 쉬웠다. 기쁨, 슬픔, 분노, 우울을 그린 이모티콘은 우령이의 얼굴을 보고 만든 것만 같았다. 내가 다시 물었다.

"무슨 일인데?"

"별일 아니야."

"이우려엉!"

우령이의 어깨를 흔들었다. 우령이의 몸은 내가 흔드는 대로 힘없이 움직였다.

미로 쌤이 들어왔다. 하필 첫 수업은 수학이었다.

"이따가 아지트에 갈까?"

교과서를 펼치면서 우령이에게 속삭였다. 우령이가 고개를 저었다.

"오늘은 명제에 대해서 배울 거예요."

아이들의 수다가 순식간에 잦아들었다. 미로 쌤 수업은 어렵기로 유명했다. 선생님의 수업을 따라가는 건 반장인 세림이 정도였지만, 그 애마저도 과정을 제대로 설명하지 못하면 칭찬받는 법이 없었다.

미로 쌤은 초등학교 때부터 우리를 가르쳐 온 유일한 선생님이기도 했다. 우리와 함께 쌤이 중학교에 올 거라는 걸 알았을 때 우리는 실망을 감추지 못했다. 마치 중학생이 되기 위한 거대한 시련처럼 느껴졌다.

또 한 가지 중요한 사실은 미로 쌤이 마을 위원장이기도 한 교장 선생님의 딸이라는 점이었다. 언젠가 미로 쌤이 교장 선생님의 자리를 물려받으면 시간표가 하루 종일 수학으로 가득 찰 거라는 이야기가 괴담처럼 돌았다.

"명제는 참과 거짓을 명확하게 알 수 있는 문장을 뜻해요. 예를 들어 '개구리는 양서류다'라는 명제가 있다면 이건 참일까요, 거짓일까요?"

"참이요!"

아이들이 대답했다.

"맞아요. 하지만 거짓인 명제도 있습니다. 중요한 건 참과 거짓을 구분할 수 있느냐는 거예요."

시작과 동시에 졸음이 밀려왔지만 미로 쌤은 그런 우리의 사정 따위에는 관심이 없었다.

나는 옆에 있는 우렁이에게 자꾸만 눈길이 갔다. 별로 집중하고 있는 것 같지는 않았다. 종이에 반복적으로 뭔가를 그리고 있었다. 내가 노트 밑에 적었다.

'대체 뭔데.'

우렁이는 '아무 일도 아냐'라고 썼다.

나는 우렁이의 부모님 때문일 거라고 확신했다. 요새 우렁이 부모님은 바빴고, 우렁이를 우리 집에 맡기는 일이 많았다. 원래 우렁이 부모님은 파란 나라에서 레스토랑을 운영했는데 요 몇 주간은 거의 매일 문을 닫았다.

그건 나에게도 아쉬운 일이었다. 우렁이네 레스토랑에서는 엄청난 요리를 먹을 수 있었다. 우렁이 부모님 덕분에 세상에 다양한 음식이 있다는 걸 알게 되었다. 같은 오므라이스라 해도 우렁이네 집 것은 계란이 녹듯이 부드러웠다. 도우가 얇고 바삭거리는 피자, 흰 크림소스로 만든 떡볶이도 우렁이네 레스토랑에서만 먹을 수 있는 요리였다.

친구들 집에 놀러 가 보면 집주인이 뭘 가장 중요하게 생각하는지 알 수 있었다. 우리 집은 엄마의 뇌 모형과 책으로 들어찬 서재가 특징이었다. 세림이네 집은 옷이 많았다. 세림이 엄마는 선명한 원색 옷을 즐겨 입었고, 세림이 옷도 엄마가 모두 골라 주었다. 오늘 입고 온 망고색 원피스도 엄마의 취향일 것이다.

우렁이네 집은 단연코 음식을 만들어 먹는 게 가장 중요한 집이었다. 샐러드를 먹을 땐 꼭 옴폭한 샐러드 볼을 쓰고, 스테이크를 먹을 때는 빛이 나는 포크와 나이프가 등장했다. 우리 집에서 그냥 벗겨서 먹는 바나나도 우렁이 엄마는 껍질을 벗겨 낸 뒤 한 입 크기로 잘라서 주셨다.

우리 집 식사 담당은 아빠였는데, 아빠의 요리는 극단적이었다. 실험적이거나 단조롭거나. 우렁이는 요새 매일 저녁 우리 집에서 잼 바른 식빵이나 시리얼만 먹은 탓에 우울증에 걸린 게 틀림없었다.

내 잡생각을 가르듯 미로 쌤의 목소리가 들려왔다.

"명제의 형식에 대해서 알아봤는데요, 이제 대전제에 대해서도 살펴보겠습니다."

시계를 보니 겨우 10분이 흘렀다. 칠판에는 명제의 형식, 가정, 결과 같은 단어들이 적혀 있었다.

"대전제는 추리를 할 때 결론의 기초가 되는 판단을 말해요. 따로 증명이 필요하지 않은 명백한 진실이 대전제가 되지요. 여러분이 한번 만들어 볼까요?"

'추리'라는 단어가 귀에 들어왔다. 탐정 용어가 수학에서 나오다니, 잠이 좀 깼다. 누군가 말했다.

"파란 나라는 살기 좋은 곳이다."

미로 쌤이 미소를 지어 보였다.

"동의하긴 하지만, 그건 '의견'에 가까운 것 같구나."

이번에는 정답만 말하는 반장 세림이었다.

"우리는 사람이다?"

세림이의 답을 들은 미로 쌤이 만족스러운 미소를 지었다.

"선생님, 근데 우리가 사람이 아니면 어떻게 해요?

조용하다가도 엉뚱한 질문으로 선생님들을 괴롭히는 수빈이가 말했다.

"맞아요! 만약 우리가 외계인이면요?"

"외계인 입장에서 보면 우린 사람이 아니잖아요!"

아이들은 공부하기가 싫어서 자꾸 말을 보탰다. 미로 쌤이 그 얕은꾀에 넘어갈 리가 없었다.

"대전제를 설정할 때는 주의해야 하죠. 하지만 터무니없는 상상력을 발휘하라는 뜻은 아닙니다."

웃음기 없는 미로 쌤의 말에 교실은 조용해졌다. 수업 시간은 그 뒤로도 느릿느릿 흘러갔다.

미술 시간에는 밖으로 나갔다.

"첫 시간 수학 수업은 법으로 금지해야 해."

나는 기지개를 켜면서 말했다. 우리는 학교 뒤편에 있는 언덕에 올라갔다. 언덕에 서면 파란 나라가 한눈에 보였다.

"누구 스케치하는 거 도와줄 사람?"

미술 선생님이 아이들을 향해 외쳤다.

아이들은 누가 하게 될지 모두가 알고 있었다. 심지어 그 애들도 스스로 알고 있는 눈치였다. 예상대로 쌍둥이인 재이와 재오가 앞으로 나갔다.

둘은 우리 마을의 유일한 쌍둥이였다. 그 애들은 선생님과 상의하더니 곧 그림을 그려 나가기 시작했다. 재이는 왼쪽에 있는 학교부터, 재오는 오른쪽에 있는 숲 놀이터부터 그리기 시작해 가운데로 뻗어 나갔다. 아이들이 빙 둘러 구경을 했다. 둘의 집중하고 있는 옆얼굴이 같은 사람인 것처럼 닮아 있었다. 재이와 재오뿐 아니라 형제나 자매가 있는 다른 아이들도 그랬다. 따로 떼어 놓고 보면 전혀 다르게 생긴 아이들도 함께 있을 때 보면 묘하게 닮은 구석이 보였다.

파란 나라에는 형제나 자매가 있는 아이들이 몇 없었다. 걔네를 보면 집에 다른 아이가 있다는 건 어떤 기분일지 궁금해지곤 했다. 그 애들은 때때로 다른 아이들은 전혀 필요 없다는 듯이 그들만의 세계를 만들고는 했다. 그림을 그리는 재이와 재오처럼 말이다.

양쪽에서 뻗어 나가던 그림이 중간에 있는 마을 회관에서 만나자 구경하고 있던 아이들이 환호했다. 몇 명이 더 달라붙어 집과 놀이터, 길을 추가했다. 그리고 마무리로 파란 나라를 둘러싼 숲을 그려 넣었다.

우리는 그 그림을 잘라서 한 조각씩 나눠 가졌다. 각 조각이 파란 나라의 어느 부분인지 전혀 알 수가 없어졌다. 조각 그림을 각자 색칠한 다음 다시 붙일 계획이었다. 그림은 크리스마스 행사 때 전시될 것이다.

집에 가는 길에 우렁이를 졸라 아지트에 갔다. 우렁이는 심드렁했지만, 나는 우렁이의 기분을 풀어 주는 방법을 알고 있었다.

"3-7까지 달리는 거다!"

내가 시합을 시작하면 우렁이는 거의 본능적으로 달리고야 말았다.

숲에는 일정한 거리마다 숫자가 적힌 깃발이 꽂혀 있었다. 깃발은 달리기 시합을 할 때 유용했다. 가끔은 모험에 활용되기도 했다. 누가 숲에 더 깊이 들어갔는지 깃발을 뽑아오는 것으로 증명하는 것이다. 원래는 마구 뽑으면 안 되는 것이었지만 어른들이 정기적으로 정비를 하는지 아무리 뽑아도 나중에 가 보면 깃발은 그 자리에 다시 꽂혀 있었다.

우리는 아지트가 있는 3-7구역까지 죽을힘을 다해 달리기 시작했다. 엎치락뒤치락하다가 거의 비슷하게 도착했다. 둘 다 헉헉거리면서 큰 바위에 기대어 숨을 골랐다.

이곳을 발견한 건 순전히 우연이었다. 우리는 아홉 살 때 숨바꼭질을 하다가 큰 바위 뒤에 몸을 감췄다. 그런데 돌 표면에 이런 문양이 새겨져 있었다.

┤ㅁㅁㅏ└──ㄴㅣㄷㄴㅣㅁㅏ

우리는 이게 아주 예전 사람들이 남긴 흔적일지도 모른다고 생각했다. 도서관에서 옛날 사람들은 바위에 그림을 새겼다는 이야기를 보았기 때문이다. 그렇게 생각하자 바위가 특별해 보였다. 그 뒤로 이곳은 우리의 아지트가 되었다.

아지트는 뱀숲으로 넘어가는 경계와 가까웠다. 숲을 따라 한참 걸어가다 보면 더 이상 들어갈 수 없다는 표지판이 나타났다. 표지판 건너편에 있는 숲을 우리는 '뱀숲'이라고 불렀다. 누군가 표지판 너머로 걸어갔다가 뱀을 봤다고 소문이 난 뒤부터 그곳의 이름은 뱀숲이 되었다.

뱀숲에는 길이 없었다. 숲만 끝없이 펼쳐졌다. 숲의 끝에 뭐가 있는지 가 본 사람도 없었다. 다른 마을로 이어진다는 이야기만 들었다. 마을의 경계에는 숲이 있을 수도 있고, 바다나 사막이 있을 수도 있는데, 파란 나라는 숲으로 감싸인 셈이었다.

파란 나라에는 우리가 갈 만한 곳이 많았다. 76개의 놀이터도 있고, 마을 회관에는 실내 놀이터와 체험 센터가 있었다. 하지만 우리는 사람들이 가지 않는 먼 숲을 좋아했다. 원래 가지 말라면 더 가고 싶어지는 법이었다.

아지트에 도착한 우리는 낙엽을 밟고 놀다가 그 위에 아예 드러누웠다. 내 옆에 누워 있던 우렁이가 불쑥 말했다.

"엄마가 이상해."

"어떻게 이상한데?"

"나한테 갑자기 소리를 질렀어. 집이 지저분하다면서."

상상이 되지 않았다. 우렁이 엄마가 소리를 지르는 건 본 적이 없었다.

"그러고는 사는 게 괴롭다고 했어."

"그건, 좀 심각하게 들리네."

"엄마 얼굴이 이상하게 일그러졌어. 나를 안고 미안하다고 한참을 울었어. 막 이상한 소리를 내면서 말이야. 꺽, 꺽, 하는 소리였어."

우렁이가 가슴을 들썩이는 흉내를 냈다.

"아빠가 그러는데, 엄마가 술에 취해서 그런 거래. 엄마가 쉬어야 한다고 했어."

"술에 취했다고?"

"그러고 나서 엄마랑 아빠가 말다툼을 하고는, 엄마가 '그 방'으로 들어가 버렸어. 다음 날까지 나오지 않으셨어."

'그 방'이라고 말할 때 우렁이는 목소리를 낮췄다. '그 방'은 파란 나라의 어른들이라면 누구나 하나씩 가지고 있는 방이었다. 어른의 방, 오로지 본인만 열쇠를 가지고 있는 방이 집마다 숨어 있었다. 그곳은 우리가 궁금해하면 안 되는 영역이었다. 누가 가르쳐 주지 않아도 파란 나라의 아이들은 모두 알고 있었다.

"우리 엄마 아빠도 가끔 싸워."

우렁이를 위로하기 위해 한 말이긴 하지만 거짓말은 아니었다. 우리 엄마와 아빠는 곧잘 싸우고는 금방 화해했다. 하지만 우렁이네 부모님은 달랐다. 우렁이는 부모님이 싸우는 걸 한 번도 본 적이 없다고 했다.

게다가 집에서 술을 마셨다는 게 믿기지 않았다. 우리도 술이 뭔지는 알았다. 어른의 음료수 같은 거였다. 하지만 파란 나라의 어른들은 술을 거의 마시지 않았다.

우리는 어두워져서야 집으로 향했다. 우렁이는 생일 선물을 미리 준다며 뭔가를 내밀었다. 학교에서 개최하는 각종 프로젝트에서 우승하거나 대단한 성과를 이룬 사람만 받을 수 있는 배지였다. 우렁이가 지난 마을 위원회 때 선보인 디저트 신메뉴로 받은 거였다.

"이걸 왜 나한테 줘? 소중한 거잖아."

"그냥. 너한테 주고 싶어."

우렁이는 배지를 억지로 내 손에 쥐어 줬다. 나는 잘 닦은 거울처럼 반짝이는 배지에 실금이라도 갈까 봐 양손으로 감싸 쥔 채 걸었다.

집에 거의 도착했을 때 문 앞에 서 있는 아빠가 보였다.

"아빠!"

나는 아빠를 향해 달려갔다. 우리를 본 아빠는 어딘지 신난 기색이었다.

"파랑이, 잘 있었어?"

"이제 오신 거예요? 무슨 마을 보고 왔어요?"

"들어가서 얘기해 줄게. 우리 마을은 이제 더 좋아질 거야!"

뒤돌아보니 우렁이가 멀찍이 떨어져 서 있었다. 내가 말했다.

"우렁아, 빨리 들어가자."

"나 집에 갈 거야. 혼자 있을래."

"무슨 소리야. 들어가서 보드게임하자."

아빠도 우렁이를 달랬다.

"그래, 우렁아. 부모님도 안 계신데 집에 같이 있자."

"아니에요. 혼자 있을 수 있어요!"

우렁이는 갑자기 뒤돌아 달리기 시작했다. 나는 우렁이를 쫓아갔지만 우렁이는 순식간에 달려가 버렸다.

"우렁아!"

우렁이의 뒷모습이 어둠 속으로 사라졌다.

최악의 생일

생일 아침, 눈이 일찍 떠졌다.

"생일 축하한다, 우리 아들!"

엄마가 내 정수리에 뽀뽀했다. 아빠가 건넨 생일 선물은 탐정소설에 자주 나오는 회중시계와 망원경이었다.

아침으로 아빠가 만든 게 분명한 실험적인 미역국을 먹었다. 내 표정을 본 엄마가 웃으면서 미역국을 치우고는 내가 가장 좋아하는 시리얼을 내왔다.

"따뜻하게 입고 가. 올해는 겨울이 빨리 온대."

엄마의 당부에 내가 물었다.

"크리스마스에 눈이 올까요?"

"글쎄, 그날이 되어 봐야 알겠지."

시리얼을 우적거리며 나는 어제 집으로 달려가 버린 우렁이를 떠올렸다.

"우렁이가 어제 이상한 말을 했어요. 우렁이네 엄마가 술을 많이 마셨다고요."

아빠가 들고 있던 숟가락을 내려놓았다.

"그건, 좋지 않지."

"아빠도 술을 마신 적이 있어요?"

"있지. 엄청 많이 마신 때도 있단다."

"아빠도 술에 취해 봤어요?"

"그랬지. 지금보다 더 젊었을 때는. 너희 엄마하고 연애할 때는 둘이서도 자주 마셨고."

"엄마와 아빠가 술 마시는 걸 본 적이 없는데요."

아빠는 부엌에서 커피를 내리는 엄마를 바라보면서 말했다.

"우리는 술을 마시지 않기로 약속했기 때문이지."

"왜요?"

"파랑이 네가 있으니까. 행복한 사람들은 술을 마시지 않아도 약간 취한 것 같은 상태가 되거든."

나는 아빠의 말이 완벽하게 이해되지 않았다. 아빠가 웃으며 말했다.

"저녁에 케이크 먹자. 일찍 오렴."

학교 가는 길에 파랑새를 보았다. 야트막한 나무에 앉아 있던 파랑새가 멀리 날아갈 때까지 한참을 보았다. 파랑새에 대한 오래된 이야기가 떠올랐다. 모든 파란 나라 사람들에게는 짝꿍 파랑새가 있다는 이야기다. 그렇다면 파랑새도 파란 나라에 사는 사람 수만큼 있는 셈이었다.

참새, 지빠귀, 방울새는 많았지만 파랑새를 보는 건 드문 일이었다. 도서관에서 조류 도감을 찾아보았지만 파랑새와 똑같이 생긴 새는 찾지 못했다. 물총새보다는 부리가 도톰하고, 유리새랑은 배 부분의 색깔이 달랐다.

학교에 가자마자 우렁이를 찾았다. 파랑새 얘기를 해 주고 싶었지만, 우렁이 자리가 비어 있었다. 첫 수업이 시작하고 과학 선생님이 들어오실 때까지도 우렁이는 오지 않았다.

"오늘 파랑이의 생일이네요. 다 같이 축하해 줍시다."

"파랑아, 생일 축하해!"

소리 지르듯 말하는 아이, 성의 없이 말하는 아이, 또박또박 말하는 아이의 목소리가 한데 모여서 한목소리가 만들어졌다. 수업 시간마다 같은 과정이 반복되었다. 생일인 아이가 있으면 수업마다 축하해 주는 게 우리 학교의 규칙이었다. 그 안에 우렁이의 목소리는 없었다. 쉬는 시간에 아이들이 와서 물었다.

"우렁이 왜 안 왔어?"

나는 고개를 저었다. 불안해졌다. 어젯밤 혼자 있을 때 무슨 일이 있었던 게 아닐까.

수업이 다 끝나고 미로 쌤이 교실로 들어왔다. 수업의 끝에 담임 선생님이 들어오는 건 특별한 메시지가 있을 때뿐이었다.

"오늘 파랑이 생일이네요. 다 같이 축하해 줄까요?"

"파랑아, 생일 축하해!"

"또 한 가지 소식이 있어요. 우령이가 갑자기 전학을 가게 되었어요. 급하게 가게 되어 인사할 시간이 없어서 아쉽네요. 방과 후 수업이 없는 친구들은 이제 집에 가도 좋아요."

선생님이 나가자마자 아이들이 내 곁으로 모여들었다.

"우령이 어디로 간 거야?"

"너도 몰랐어?"

아이들의 질문에 나는 아무 말도 하지 못했다. 아이들이 떠난 다음에도 나는 집에 가지 못하고 학교를 서성였다. 미로 쌤한테 어찌 된 일인지 물어봐야겠다는 생각이 들었다. 미로 쌤은 다른 교실에서 방과 후 수업을 하고 있었다. 학생은 한 명뿐이었다. 나는 잠시 고민하다가 교실 안으로 들어갔다.

"선생님, 혹시 우령이가 이사 간 곳을 아시나요?"

"선생님도 잘 모른단다. 파랑아, 지금 수업 중이니까 나중에 얘기하는 게 좋겠구나."

"죄송합니다."

나는 집으로 가지 못하고 정문 앞에 앉았다. 엄마 아빠와 저녁에 케이크를 먹기로 했지만 생일 따위는 조금도 중요하지 않았다. 한참을 기다리자 미로 쌤의 방과 후 수업을 듣던 아이가 나왔다. 이름은 전우주, 목소리가 떠오르지 않을 정도로 조용한 아이였다.

"우주야, 선생님 안에 계셔?"

"아니, 바로 가셨을걸."

우주는 속삭이듯 말하고는 뒤돌아 걷기 시작했다.

"전우주!"

못 들은 척할 줄 알았는데, 우주가 멈춰 섰다. 왜 불렀는지 이유가 딱히 떠오르지 않았다. 누군가에게 말을 걸고 싶었나 보다.

"너 우렁이 때문에 그래?"

우주의 말 한마디에 눈물이 날 것 같았다. 친하지도 않은 우주 입장에서 내가 어떻게 보일지 몰라 꾹 참았다.

"저, 우렁이가 이상한 말을 했었어."

나는 우주한테 다가섰다. 그 애의 볼에 있는 주근깨가 눈에 들어왔다.

"무슨 말?"

"엄마가 술을 마시고 막 화를 냈다고. 그리고 '그 방'으로 들어갔다고."

우주가 다시 한 걸음 뒤로 물러났다.

"술 마시면 원래 그래."

우주는 그 말만 남기고 떠났다. 우주의 뒷모습을 보다가 그 애에게 술 이야기를 한 이유를 뒤늦게 깨달았다. 우주 아빠는 파란 나라에서 술을 가장 많이 마시는 사람이었다. 어른들은 우주네 아빠 이야기를 할 때 목소리를 낮췄다. 우주 아빠는 술을 마신 뒤 우주를 때리기도 했다. 우주의 목소리를 모르는 아이는 있을지라도 그 애의 몸에 난 멍 자국을 못 본 사람은 없었다.

참았던 울음은 집에 도착해서야 터졌다. 우렁이를 볼 수 없다는 게 실감이 나지 않았다.

"엄마, 우렁이가⋯."

"엄마도 조금 전에 들었어. 우렁이 가족이 갑자기 이사를 가게 되었대."

"우렁이한테 무슨 일 있죠?"

"그런 건 아니야."

"연락할 수 있어요?"

"아니, 그건 좀 어려울 것 같아."

엄마가 나를 안아 주었다.

"마음 아프지만 그런 일이 가끔 일어난단다."

엄마 말대로 파란 나라를 떠난 아이가 우렁이가 처음은 아니었다. 작년에는 세희가 이사를 갔다. 아이들은 울면서 작별의 선물을 주었다. 우리 연락하자, 하고 말했지만 그걸로 끝이었다. 민

준이라는 아이는 헤어질 때 파티를 해 줬다. 파란 나라보다 좋은 마을로 간다며 자랑을 했다. 우리는 그 애를 위해 편지를 써 주고, 간식을 나눠 먹으면서 인사했다. 우찬이라는 아이도 있었다. 우령이가 전학을 오기 전에는 나와 늘 함께 놀던 아이였다. 그중 다시 만난 아이는 한 명도 없었다.

"우령이가 어디로 갔는지 엄마는 알고 계세요?"

"엄마도 가 본 적 없는 곳이야. 아주 먼 곳."

"대충이라도요, 이름만이라도요."

"미안하구나, 우령이 부모님이 자세한 얘기를 해 주지 않고 떠났단다. 사정이 있었던 모양이야."

생일 케이크가 놓여 있었지만 나는 겨우 촛불만 끄고 방으로 올라갔다. 아빠가 출장지에서 사 온 선물들도 내 흥미를 끌지 못했다. 어제 우령이가 준 배지가 그 애의 마지막 흔적이었다. 배지를 넣어 둔 서랍장 안 상자를 열었다. 배지는 사라지고 없었다.

"엄마 내 방 치웠어요?"

내가 큰 소리로 물었다. 엄마는 "아니!" 하고 바로 대답했다.

우령이의 모든 것이 사라졌다. 최악의 생일이었다.

나는 엄마, 아빠가 우령이의 이사에 대해 아는 게 없다는 결론을 내렸다. 믿어 볼 사람은 미로 쌤뿐이었다. 우령이가 어디로 전학을 갔는지 기록이 남았기를 기대했다.

다음 날 미로 쌤을 만나려고 애썼지만, 쉽지 않았다. 수학 수업이 없는 날이었고, 교무실을 찾아갈 때마다 선생님의 자리는 비어 있었다. 마침 교장 선생님이 출장 중이어서 덩달아 미로 쌤이 바빠진 모양이었다. 방과 후 수업 때는 만날 줄 알았지만, 일이 있어서 집에 가셨다는 걸 알게 되었다. 마음이 급해졌다. 아직 우렁이를 만날 기회가 남아 있다면, 하루라도 빨리 뭐라도 알아내야 할 것 같았다.

미로 쌤의 집으로 향했다. 미로 쌤의 집이 어딘지는 모든 아이들이 알고 있었다. 미로 쌤은 마을 회관 옆에 있는, 파란 나라에서 가장 오래된 집에 교장 선생님과 함께 살았다. 하늘색 지붕에 하얀 벽돌로 지어진 이층집이었다.

문을 두드렸다. "선생님!" 하고 소리쳤지만, 대답은 돌아오지 않았다. 문고리를 돌려 보니 문이 열렸다.

"선생님!"

나는 다시 한번 소리쳤다.

집은 비어 있는 것 같았다. 집의 구조는 우리 집과 비슷했다. 아빠 말로는 파란 나라의 초기에 지어진 집은 1층의 거실과 2층의 방으로 이뤄진 이층집이 대부분이었다. 우리 집도 이런 형태로 지어진 집 중 하나였다. 거실 한가운데에는 우리 집에 있는 것보다 어두운 빛깔의 커다란 원목 테이블이 놓여 있었다. 서른

명쯤은 앉을 수 있을 만큼 컸다. 천장에 닿을 것처럼 높은 장식장도 있었다. 사람이 다섯 명은 들어갈 수 있을 듯했다. 그 안에는 선생님의 어릴 때 사진들이 빼곡히 들어차 있었다.

"네가 여기 웬일이야?"

누군가의 목소리에 소리를 지를 뻔했다. 나에게 말을 건 사람은 미로 쌤도, 교장 선생님도 아닌 부엌에서 나온 우주였다.

"선생님 만나러 왔는데? 넌 왜 여기 있어?"

"나도 선생님 만나러 왔어. 약속을 했거든."

그때 문밖에서 웅성거리는 소리가 들렸다. 우주는 내 옷을 잡아끌어 키가 큰 장식장의 뒤편으로 나를 밀어 넣었다. 나와 우주가 빠듯하게 들어갈 정도의 공간이 벽과 장식장 사이에 있었다. 나는 왜 그러냐는 눈짓을 해 보였지만, 우주가 '쉿!' 하고 입술 위에 손가락을 가져다 댔다. 어찌나 엄격한 표정인지 나도 모르게 숨소리를 죽였다.

출장을 가셨다던 교장 선생님이 돌아온 모양이었다. 그런데 뜻밖에도 아빠의 목소리가 들려왔다.

"교장 선생님, 우렁이를 돌아오게 해 주실 수는 없나요?"

"그 얘기는 이미 끝난 것 같군요."

"부모가 버렸어도 마을이 키울 수 있잖아요. 저희 집에 같이 살 수도 있어요. 파랑이도 좋아할 거예요."

내 이름이 나오자 긴장됐다. 떨리는 마음으로 교장 선생님의 목소리를 기다렸다.

"대체 누굴 위해서 그렇게 한다는 거죠? 파랑이를 위해서인가요?"

"당연히 우렁이를 위해서죠."

"그러면 우렁이는 파란 나라에서 유일하게 부모 없는 아이가 되겠군요. 모든 아이들에게 엄마나 아빠가 있는데 딱 한 아이만 혼자가 되는 겁니다. 물론 우렁이의 부모님도 허락하지 않으실 거고요."

"하지만 동생 때문에 우렁이가 '삭제'를 당하는 건 너무 가엽잖아요. 파란 나라도 좀 더 유연해질 수 있다고 생각합니다."

교장 선생님은 아빠의 말을 잘랐다.

"처음 파란 나라를 만든 취지를 생각해 보세요. 우리가 왜 이곳을 만들었죠?"

아빠는 대답하지 않았다. 교장 선생님이 다시 말했다.

"우리는 아이들이 건강하게 성장해 나가는 걸 지켜보기 위해서 이 마을을 만들었어요. 우리 마을에 부모 없는 아이는 용납할 수 없습니다. 그 원칙은, 계속 지켜 나가야 합니다."

"하지만…."

"굉장히 피곤하군요. 몸이 좋지 않아요. 나중에 얘기하죠."

무슨 말인지 이해가 가지 않았다. 우렁이의 부모님이 우렁이를 버렸다고? 믿을 수 없는 얘기였다. 우렁이 엄마는 우렁이가 넘어져 살짝만 상처가 나도 눈물을 흘리는 분이었다. 우렁이에게 동생이 생겼다는 얘기도 들어 본 적이 없었다.

아빠가 밖으로 나가는 소리가 들렸다. 교장 선생님이 2층으로 올라가는지 계단이 삐거덕거렸다. 모든 소리가 사라지고 우주와 나의 숨소리만 남았을 때, 우주가 나가자는 손짓을 했다.

나오자마자 우주에게 물었다.

"저게 무슨 뜻이야? 넌 알아?"

우주는 대답하지 않았다.

"말도 안 돼, 아줌마가 임신한 건 본 적이 없어. 임신하면 배가 엄청 나오잖아. 우렁이는 그런 얘기 한 적 없어."

우주는 여전히 말이 없었다.

"근데 우주 넌 왜 여기에 있는 거야?"

"미로 쌤을 만나러 왔을 뿐이야. 방과 후 수업을 여기서 하기로 했거든."

"근데, 왜 숨은 거야?"

"그냥, 나도 모르게."

우주는 거의 들리지 않는 목소리로 덧붙였다.

"교장 선생님, 조금 무섭잖아."

무서워서 숨는다고? 어쩐지 동의할 수 없었다. 들어온 사람이 교장 선생님인 걸 대체 어떻게 알았는지도 의문이었다. 미로 쌤일 수도 있었는데 말이다. 앞뒤가 맞지 않았다. 분명 우주는 당황한 기색은 아니었다. 장식장 뒤에 순식간에 숨은 것도 신기했다. 마치 집 내부 구조를 잘 알고 있는 것 같았다.

"너, 혹시 '삭제'가 무슨 뜻인지 알아?"

아빠가 말했던 '삭제'라는 단어가 잊히지 않았다. 우주가 나를 빤히 보았다.

"너 꿈이 탐정 아니야? 스스로 알아내려고 노력해 봐."

우주는 할 말을 잃은 나를 지나쳐 가며 말했다.

"너희 아빠한테는 모른 척하는 게 좋을 거야. 어차피 진실을 얘기해 주지 않을 테니까."

내 꿈이 탐정이라고 말했던가?

언제였는지 기억나지 않을 만큼 어릴 때부터 내 꿈은 탐정이었다.

초등학교 때 모든 교실 뒤에는 자기소개서가 붙어 있었다. 매년 학년이 올라갈 때마다 아이들은 장래 희망과 그 이유를 썼다. 내 꿈은 한결같이 탐정이었다.

사실 나는 나 자신을 이미 탐정이라고 생각해 왔다. 내가 해결한 사건도 몇 가지 있다. 앞집의 사라진 고양이를 찾아 준 일(숲의 덤불에 갇혀 있었다)이나, 배달 사고를 해결한 일(엉뚱한 집에서 물건이 발견됐다)도 있었다.

나는 파란 나라의 의심스러운 사건을 수집하고 다녔다. 하지

만 대다수 사건은 내가 나서서 해결하기 전에 해결되어 버리고
는 했다. 아빠는 원래 시간이 많은 걸 해결한다고 했다. 모든 걸
시간이 다 해결하면 탐정 따위는 필요 없을 거라며 침울해하던
어느 날, 아빠가 말했다.

"모든 걸 시간에만 맡기는 삶은 재미가 없잖니."

"하지만 항상 시간이 이기는걸요."

"시간이 흘러도 절대 해결되지 않는 문제도 분명 있단다."

"예를 들면요?"

"이유도 모른 채 소중한 사람과 헤어지는 일 같은 거 말이야.
아빠는 그랬어."

아빠는 내 생각을 노트에 써 보라고 했다. 그래서 나는 탐정
노트를 만들었다. 해결하고 싶은 사건이나 궁금증이 생기면 적
어 두었다가 해결되면 줄을 그었다.

나는 오랜만에 노트를 꺼냈다. 노트를 훑어보다가 전우주에
대한 질문도 발견했다. 아홉 살의 나는 이런 글을 써 놓았다.

"우리 반 전우주의 몸에는 왜 무늬가 생겼다 없어졌다 할까."

우주는 우리 반에서 가장 조용하지만 가장 눈에 띄는 애였다.
우주의 몸에서는 두세 달에 한 번 정도 '무늬'가 발견되고는 했
다. 아이들은 우주의 무늬를 보면서도 모른 척했다. 우주 이야기
를 했을 때 아빠는 얼굴을 찌푸리며 "한번 알아봐야겠구나" 하
고 말했었다.

그 무늬가 멍 자국이라는 걸 어느 순간 저절로 깨달았다. 우주 아빠가 우주를 때린다는 것을 누가 설명해 주지 않아도 알게 되었다.

나는 노트에 "우렁이는 어디로 갔을까"라고 적었다. 우주의 이름도 적었다. 마지막으로 '아빠'라고 적고는 물음표를 그려 넣었다.

탐정

"파랑이 왔구나. 들어와."

진로 담당인 유진 쌤이 책상에 거대한 직업 분류표를 펼쳐 보였다. 수많은 네모 안에 수많은 직업의 이름이 적혀 있었다.

파란 나라에서는 열네 살부터 '꿈 프로젝트'에 참여해야 했다. 자신의 장래 희망을 정하고 꿈과 관련된 프로젝트를 하나씩 준비해 발표하는 것이다. 꿈 프로젝트를 만든 건 교장 선생님이었다.

꿈 프로젝트는 초등학교 때 장래 희망을 적어 내는 것과는 차원이 달랐다. 나는 열네 살 중에 생일이 가장 늦어 아직이었지만 다른 아이들은 꿈 프로젝트를 이미 끝마쳤다. 요리사가 꿈인 우령이는 지난봄에 신메뉴를 개발해서 마을 위원회 때 선보였다. 선생님이 꿈인 세림이는 수업 시연을 했다. 프로젝트 발표

날에는 마을 사람들이 와서 축하를 해 주었다. 내 꿈 프로젝트는 크리스마스 행사 날에 발표하는 것으로 정해져 있었다. 문제는 내 꿈인 '탐정'이 아직 인정을 못 받았다는 점이었다.

6학년 때까지 탐정은 괜찮은 꿈이었다. 그런데 중학교에 온 뒤부터는 어쩐지 어린애 취급을 받고 있었다. 내가 중학생이 되자마자 장래 희망 조사서에 탐정이라고 써서 낸 걸 본 선생님은 어딘지 곤란하다는 표정을 지었다. 여유 있게 생각하라던 엄마와 아빠도 올해는 태도가 달라졌다. 꿈에 대해 생각해 봤냐고 수시로 물어봤고, 이런저런 직업을 권하기도 했다. 탐정이 언제부터 버려야 할 꿈이 된 건지 알 수 없었다.

유진 쌤이 내가 제출한 장래 희망 조사서를 들여다보았다.

"올해 꿈도 '탐정'이라고 적어 냈더구나. 파랑이는 꿈이 잘 변하지 않네?"

"네."

"아쉽게도 장래 희망 분류표에는 '탐정'이 없어. 이 중에서 탐정이랑 비슷한 꿈은, 경찰이 있겠구나."

나는 분류표에 들어찬 직업들의 이름을 훑어보았다. 아이들이 좋아하는 직업은 몇 가지로 몰렸다. 가장 인기가 많은 건 선생님이었다. 학자, 상점 주인, 바리스타, 악기 연주자도 인기 많은 직업이었다. 기계 관리사, 물류 관리사처럼 생소한 직업도 있었다. 하지만 아무리 봐도 '탐정'은 없었다.

"그냥 탐정도 직업 분류표에 넣어 주시면 안 될까요?"

"음, 탐정도 멋진 직업이지. 근데 이 표는 '살짝' 현실성을 반영한 거라고나 할까?"

"탐정은 현실성이 없나요?"

"딱 잘라 말할 수는 없지만, 일단 직업도 수요가 있어야 존재할 수 있단다. 온새미로에는 탐정보다 경찰이 필요하다는 뜻이야."

"선생님, 꼭 이 안에서 골라야 해요?"

"왜? 충분치 않니? 360가지나 있는데도?"

유진 쌤은 손가락으로 안경을 추어올리더니 말했다.

"생각해 본 프로젝트는 있니? 거기서부터 출발해 보자."

선생님은 꿈 프로젝트 사례들을 보여 주었다. 다른 반에서 우수 사례로 뽑힌 것들이었다. 작가가 꿈인 어떤 아이는 온새미로를 배경으로 이야기를 써서 책으로 만들었다. 기계 관리사가 꿈인 한 아이는 배달 로봇인 보늬에게 표정을 만들어 주자고 아이디어를 냈다.

"특별한 아이디어가 떠오르지 않으면 롤 모델을 찾아서 인터뷰를 하는 것도 좋아. 파랑이 아버님이 인터뷰하신 것 기억하지?"

다른 반 친구가 마을 개발자가 되고 싶다며 아빠를 인터뷰한 일이 있었다. 아빠는 그 일을 두고두고 자랑스러워했다.

생각에 잠겨 있던 나는 다른 질문을 했다.

"선생님은 어렸을 때부터 꿈이 선생님이었어요?"

"난 그랬어."

"왜 선생님이 되고 싶었는데요?"

"아이들을 도와주고 싶었거든."

선생님은 또 한 번 안경을 추어올리고는 말을 이어 나갔다.

"나는 여러 마을에서 자랐단다. 대부분의 마을이 황폐했고 아이들에겐 꿈이 없었어. 어떤 마을은 먹고사는 것만 중요해서 아주 어릴 때부터 일을 했어. 어떤 마을은 부모들이 꿈을 정해 줬지."

"그건, 안타까운 일이네요."

"그래. 처음 파란 나라에 왔을 때, 난 이렇게 좋은 마을은 없을 거라고 확신했어. 너희는 축복받은 아이들이란다."

선생님은 파란 나라에서 계속 살아가기 위해서는 파란 나라에 필요한 직업을 가져야 한다고 강조했다. 선생님은 우선 내 꿈을 '기타'라고 적었다.

"좀 더 고민해 보자꾸나. 꿈은 바뀌게 마련이니까."

교실을 나오면서 뒤쪽 벽에 전시된 아이들의 자기소개서를 보았다. 우렁이의 자기소개서도 아직 붙어 있었다. 장래 희망란에 '요리사'라고 적힌 우렁이의 자기소개서를 내 주머니에 넣었다. 우렁이의 마지막 흔적이었다.

"넌 왜 탐정이 되고 싶어?"

예전에 우렁이가 물었다. 탐정이 꿈이 된 순간이 있을 텐데 기억이 잘 나지 않았다. 한 문장으로 줄이자면, 진실은 밝혀져야 하니까. 진실을 드러내는 건 보드게임의 말을 제자리에 올려놓는 것처럼 당연한 일이었다.

유진 쌤이 말한 대로 경찰도 생각해 보았다. 하지만 역시 은밀하게 움직이는 탐정 쪽이 끌렸다. 탐정에겐 사건을 스스로 고를 자유도 있었다. 유진 쌤의 바람과는 다르게 탐정의 꿈은 어느 때보다도 불타올랐다. 우렁이의 '삭제'를 반대했던 아빠의 말이 받아들여지면, 우렁이가 돌아올 수도 있다는 뜻이었다. 당장 무엇부터 해야 할지 생각했다. 우주. 우주에 대해서 알아봐야 했다. 그 아이는 뭔가 알고 있었다.

다음 날, 방과 후 수업이 시작될 때 나는 무작정 미로 쌤이 있는 교실 안으로 들어갔다. 학생은 역시 전우주 한 명뿐이었다. 미로 쌤이 나를 보고 말했다.

"파랑아. 저번에도 말했지만 수업 중에 갑자기 들어오는 건 곤란해."

"저도 수학 수업 들으려고요. 엄마가 곧 연락드린대요."

엄마한테 말한 적은 없지만 일단 둘러댔다.

"그럼 앉아. 오늘부터 시작하자."

작게 한숨이 나왔다. 우주가 수학이 아니라 다른 과목을 좋아했으면 좋았을 것이다.

나는 수업 내내 우주를 흘깃거렸지만 그 애는 나한테 눈길 한번 주지 않았다.

"자, 마지막으로 파랑이한테 한번 들어 볼까? 왜 수학 방과 후 수업을 듣기로 결심했지?"

수업이 끝날 때 즈음, 미로 쌤이 질문했다. 나는 더듬더듬 말했다.

"그게, 제 꿈이 탐정이거든요."

"그래서?"

"그러니까, 탐정 일하고 수학하고 비슷한 점이 있는 것 같아서요."

"어떤 부분이 그렇지?"

"둘 다 어렵다는 거랄까요? 노력이 필요하고요."

나는 횡설수설했다. 미로 쌤은 내 말을 듣더니 입꼬리를 올려 웃었다.

"어쨌든 환영해. 내일 마을 위원회 때 보자. 삼단 케이크를 만든다고 하더구나."

다음 날인 토요일 저녁에는 마을 위원회가 열릴 예정이었다. 한 달에 한 번씩 열리는 마을 위원회 날에는 아이들이 모두 마을 회관에 모여서 놀았다. 부모님들이 마을 일을 의논하는 동안, 우리는 실컷 놀고 간식도 무제한으로 먹을 수 있었다. 선생님들이 아이들과 함께 있었지만, 건물 밖으로 나가지 않는다면 뭘 하고 놀든지 간섭하지 않았다. 이날을 싫어하는 아이는 없었다.

나는 집에 가는 우주를 쫓아갔다.

"우주야, 나랑 얘기 좀 해."

우주가 휙 돌아섰다.

"갑자기 왜 수학에 관심이 생겼어?"

"사실은 너한테 관심이 생긴 거지."

우주는 대꾸하지 않았다. 나는 단도직입적으로 말했다.

"나랑 팀 할래?"

"싫은데."

나는 포기하지 않고 우주를 따라갔다. 우주네 집은 우리 집과는 반대쪽에 있었다. 이쪽에 사는 친구네 집에 놀러 가다가 우주 아빠를 마주친 적이 몇 번 있었다. 우주 아빠는 우주만큼이나 말 없는 사람이었는데 늘 어깨가 안쪽으로 말린 느낌으로 땅을 보고 걸었다.

"여기서 너희 아빠 본 적 있어."

우주는 그제야 나를 보았다.

우주 아빠와 마주친 그때를 떠올렸다. 그날 우주 아빠는 이리저리 몸을 흔들며 걷고 있었다. 보이지 않는 손이 양쪽에서 번갈아 그를 잡아당기는 것 같았다. 나는 인사를 해야 할지 고민하며 그와 거리를 두고 지나치던 참이었다.

"너!"

우주 아빠는 나를 발견하고 이름을 기억해 내려는 듯 얼굴을 찌푸렸다. 정말 그랬던 건지는 모르지만, 내 이름이 생각이 안 나서 곤란한 것처럼 보였다.

"안녕하세요. 저는 파랑이예요."

나는 가던 길을 가도 될지 몰라서 주춤거렸다.

"그래. 너 파랑이지. 너, 여기 사는 게 좋니?"

예상 못 한 질문에 당황은 했지만, 나는 그렇다고 대답했을 것이다. 하지만 그가 내 말을 믿지 않을 것 같다는 느낌이 들었다. 좋다고 해도, 싫다고 해도 혼을 낼 것만 같은 말투였다. 그는 내 대답에 별다른 대꾸를 하지 않고 가던 길을 걸어갔다. 이리저리 몸을 흔들면서 말이다.

나는 그 얘기를 우주에게 해 주었다. 우주는 들은 게 분명했지만 별다른 대꾸는 하지 않았다.

"너, 내 꿈이 탐정인 것 알고 있었잖아."

"그래서?"

"너도 나한테 관심 있는 거 아니야?"

우주는 코웃음을 쳤다.

"너랑 팀이 되어서 내가 얻는 게 뭔데?"

딱히 대꾸할 말이 떠오르지 않았다.

"방과 후 수업을 듣는 건 네 자유야. 하지만 내가 뭘 알고 있을 거라 생각하는 건 억측이야."

억측? 꼭 어른들처럼 말하네, 하고 딴생각을 하는데 우주는 벌써 저만치 가고 있었다. 나는 소리쳤다.

"어쨌든 계속 들을 거야. 수학도 좋아해 보려고."

우주가 점점 멀어졌다.

"주말에 보자!"

나는 있는 힘껏 외쳤다.

"도서관 가자."

엄마와 아빠는 내가 부쩍 말이 없어진 게 우령이 때문이라고 생각하는 듯했다. 틀린 말은 아니었다. 그보다 복잡한 문제가 되긴 했지만. 엄마가 나를 집 밖으로 끌어냈다.

도서관에 들어서니 입구에 전시된 테마가 바뀌어 있었다. 이번 테마는 '명탐정의 귀환'이었다. 온갖 탐정 소설들이 진열되어 있었다. 한눈에도 날 위한 테마라는 걸 알 수 있었다. 사서인 소은 쌤이 다가왔다.

"파랑이 왔구나. 새로 들어온 탐정 책도 있어."

"고맙습니다."

진열된 책을 훑어보았다. 그중 하나를 골라 내 전용 좌석에 앉았다. 책을 펼쳐만 놓은 채 엄마와 소은 쌤의 대화를 엿들었다. 도서관에 어울리는 조용한 소은 쌤의 목소리가 들려왔다.

"새로 들어온 책 보실래요?"

"벌써 분류를 다 했어요? 정말 재능 있는 사서라니까. 도서 위원회에 들어오면 좋을 텐데."

소은 쌤이 웃으면서 말했다.

"하지만 전 '부모'가 아닌걸요."

엄마는 파란 나라의 도서 위원회장이었다. 엄마는 늘 소은 쌤을 훌륭한 사서라고 추켜세웠다. 하지만 도서관에 들여올 책을 고르는 권한은 도서 위원회 위원인 부모들에게만 주어졌다.

"소은 쌤처럼 아이들의 취향을 꿰뚫고 있는 사람은 없을 거예요."

엄마가 안타깝다는 듯 말했다.

"하지만 도서 위원회에서 늘 좋은 책들을 골라 주시는데요."

"위원회에서 고른 책은 한계가 있거든요. 우리는 부모의 눈으로 책을 보잖아요. 가끔 아이들의 기회를 제한하는 게 아닐까 걱정이 되곤 해요."

"애정으로 고른 책들이니까 부족할 리가 없어요."

두 사람이 책 이야기에 시간 가는 줄 모르는 동안, 나는 우렁이를 떠올렸다. 도서관에 있자니 우렁이 생각이 더 많이 났다. 도서관도 우리 놀이터 중 하나였다. 한번은《탐정을 위한 백과사전》이라는 책을 발견한 적이 있다. 나는 그 책을 외울 정도로 여러 번 읽었다. 그 책에는 탐정이 갖춰야 하는 기술이 적혀 있었다. 자료 조사, 추리, 잠복, 미행 같은 기술들이었다. 그걸 우렁이와 읽으면서 하나씩 훈련을 하고는 했다.

언젠가는 우연히 발견한 세계 귀신 이야기에 푹 빠졌다. 도깨비, 홍콩 할매 귀신, 뱀파이어, 추파카브라가 나오는 그 책을 안 볼 도리가 없었다. 우리는 인간들이 공포에 질린 채 죽을 위기를 넘기며 도망가는 이야기, 귀신한테 홀리는 이야기, 결국 귀신이 되어 버리는 이야기를 좋아했다. 귀신이 나타나면 어떻게 할지 시나리오를 만들기도 했다.

"파랑아, 못 본 건 대출해서 가자."

딴생각을 하다가 책을 한 장도 읽지 못했다는 걸 깨달았다.

책을 대출해서 나가는데 도서관으로 막 들어오는 우주와 마주쳤다. 우주는 엄마한테 인사를 꾸벅하고는 나를 못 본 척했다. 잊고 있었다. 우주도 도서관을 꽤 좋아한다는 것을 말이다.

"우주는 요새 잘 지내니?"

도서관을 나오면서 엄마가 물었다.

"그런 것 같아요."

엄마도 우주의 상처에 대해 알고 있을 것이다. 사실 마을 사람 누구나 알고 있었다.

책 여섯 권이 든 엄마의 가방이 축 늘어졌다. 도서관 앞에 서 있던 '보늬'에서 음성이 흘러나왔다.

"무거운 짐은 저한테 주세요. 제가 옮겨 드릴게요!"

엄마는 다가오는 보늬의 머리에 달린 '거절' 버튼을 눌렀다.

보늬는 파란 나라 이곳저곳을 돌아다니며 무거운 짐을 옮겨 주는 카트였다. 필요한 물건을 주문하면 가져다주는 것도 보늬였다. 보늬는 갈색 바구니에 물건을 싣고 달렸다. 좁고 울퉁불퉁한 길도 잘 달렸다. 사람이 다가가면 '먼저 지나가세요' 하고 길을 양보했다.

책도 보늬를 이용해서 옮기면 되는데 엄마는 직접 들고 다니는 걸 좋아했다. 간단한 일들을 기계한테 시키면 우리 뇌가 굳는다는 게 그 이유였다.

"그냥 보늬를 쓰면 안 돼요?"

"엄마가 말했지? 스스로 할 수 있는 걸 기계에 의존하면 뇌가 퇴화한다고."

축 늘어진 천 가방을 추어올리면서 엄마가 말했다. 사실 이유는 따로 있었다. 내가 4학년 때, 오류를 일으킨 보늬가 나에게 돌진한 일이 있고 난 다음부터 엄마는 사람이 없는 새벽 시간을 제외하고는 보늬를 쓰지 않았다. 보늬가 경로를 이탈해서 나에게 돌진할 때, 엄마는 나를 안고 잔디밭을 굴렀다. 엄마의 팔꿈치에 약간의 상처가 생겼고 나는 하나도 다치지 않았다. 그런데도 엄마는 내 몸을 쉴 새 없이 만지고 살피고 나서야 겨우 진정했다.

엄마가 없을 때는 우렁이와 나뭇가지를 던져 보늬한테 맞히는 장난을 하고는 했다. 봉변을 당한 보늬는 '저를 소중히 다뤄 주세요. 고장이 날 수 있습니다' 하고 말했다. 그게 재밌어서 우리는 배를 잡고 웃었다. 지금보다 어릴 때는 어른들 몰래 보늬를 타고 놀기도 했다. 그걸 알았다면 엄마는 기겁했을 것이다.

"엄마, 이리 주세요."

우리는 책을 반씩 나눠 들었다. 엄마가 나를 한참 보더니 말했다.

"행복하다, 그렇지?"

"책을 직접 옮기는 거요?"

엄마가 내 불만스러운 얼굴을 보고는 웃었다.

"아니, 너랑 같이 이렇게 걷는 거, 도서관에서 각자 읽고 싶은 책을 빌려 오는 거, 이런 걸 해 보고 싶었어."

도서관은 엄마가 가장 좋아하는 공간이었다. 도서 위원회 활동이 아니더라도 엄마는 도서관에 자주 가는 편이었다. 늘 빌리고 싶은 책과 반납할 책이 있었기 때문이다. 아빠와 싸웠을 때도 엄마는 도서관에 가고는 했다. 머릿속이 복잡하거나 '저술 작업'이 풀리지 않을 때도 도서관에 갔다.

"엄마, 책을 보면 모든 문제에 대한 답을 찾을 수 있어요?"

"힌트 정도는 얻을 수 있지."

도서관에 있는 책을 다 보면, 우렁이 일도, 아빠가 교장 선생님과 나눈 이야기의 의미도 알 수 있는 걸까. 엄마가 내 얼굴을 보더니 말했다.

"우렁이 때문에 힘들지?"

"엉망이에요. 저희는 '보완이 되는 관계'였던 것 같아요. 엄마 아빠처럼요."

엄마는 아빠와의 관계를 '보완이 되는 관계'라고 표현하고는 했다.

두 분은 일을 하다가 만났다. 마을 개발에 인간의 행동 패턴을 반영하기 위해 아빠가 엄마를 찾아갔다고 한다. 아빠와 엄마는 일을 하는 내내 사사건건 맞지 않았지만 결국 사랑에 빠졌다. 어떻게 그런 일이 일어났냐고 물었더니 아빠는 '원래 반대가 끌리는 법'이라고 말했다. 하지만 나는 엄마의 설명이 더 이해가 되었다. 엄마는 '보완이 되는 관계'가 좋은 관계라고 했다. 엄마와 아빠를 보면 그 말의 의미를 알 수 있었다.

아빠가 뭔가를 만들고 시도하는 사람이라면, 엄마는 아빠가 만든 문제의 해결책을 찾고 정리하는 사람이었다. 아빠가 요리를 하면 엄마는 설거지를 해서 전과 똑같은 상태로 돌려놓는 것과 마찬가지였다. 아빠가 생필품이나 집에 필요한 걸 주문하는 걸 좋아한다면 엄마는 그 물건들이 있어야 할 자리를 정했다. 요리할 때도 아빠는 새로운 시도를 좋아했다. 아빠가 만든 샌드위치는 그 안에 뭐가 들어갈지 도무지 상상할 수가 없었다. 아빠가 요리를 망치면 엄마는 평소에는 허락하지 않던 냉동 피자를 전자레인지에 돌렸다. 아빠는 그런 엄마를 '해결사'라고 불렀다.

엄마가 나에게 말했다.

"우렁이 생각에서 벗어날 수 없는 거 이해해. 그럴 땐 아주 새로운 걸 해 보는 것도 좋아. 주의를 돌려서 뇌를 속이는 거지."

"사실은 그렇게 하고 있어요. 수학 방과 후 수업을 듣기로 했거든요."

"좋은 선택이네."

엄마는 놀랍다는 듯 눈썹을 으쓱해 보였다.

마을 위원회

마을 위원회가 열리는 날이었다. 부모님들은 회의를 하러 가고, 아이들은 학교에서 전체 행사를 할 때 쓰는 강당으로 모였다. 강당 한가운데에 간식거리가 있었고, 아이들이 각자 보드게임과 장난감을 가지고 왔다.

나와 우렁이는 아이들이 노는 방식을 네 가지로 분류했다.

첫 번째는 게임파였다. 어떤 게임을 할지는 매번 달랐지만 요새 인기 있는 건 카드놀이였다. 두 번째는 운동파였다. 축구, 농구, 피구, 야구, 다트… 종목은 취향에 따라 다양했다. 세 번째는 수다파였다. 이 아이들은 처음부터 끝까지 이야기만 했다. 그리고 마지막은 고독파였다. 어딘가에 처박혀서 책을 보거나, 멍하니 앉아 있는 아이들이었다.

우렁이와 나는 게임파였다. 한결같이 보드게임을 좋아했기 때문이다. 물론 하나에만 속하라는 법은 없었다. 운동도 했다가 책도 봤다가 간식을 먹으면서 이야기를 하기도 했다. 어쨌든 우 렁이와 나는 늘 게임으로 시작했다. 하지만 이번 위원회 날에 나 는 처음으로 고독파가 되기로 했다.

나는 가장 높은 계단에 있는 기둥 뒤에 앉았다. 강당이 한눈 에 들어오면서도 몸을 숨기기 좋았다. 아무것도 하고 싶지 않아 멍하니 아이들을 구경했다. 문득 우주는 뭘 하고 있을지 궁금했 다. 짐작에 따르면 우주는 고독파였다. 한 번도 우주가 게임이나 운동을 하는 걸 본 기억이 없었다.

내 눈이 무의식적으로 우주를 찾았다. 우주를 발견한 건 미로 쌤이 얘기했던 삼단 케이크가 도착했을 때였다. 모든 아이들이 화려한 케이크에 눈을 빼앗겼을 때 뒷문을 열고 나가는 우주를 보았다. 나도 모르게 몸이 움직였다. 우주를 따라가야겠다는 생 각뿐이었다. 나도 우주를 따라 뒷문을 열고 나갔다. 작아진 우주 의 뒷모습을 겨우 발견했다. 우주는 이미 강당이 있는 학교 건물 을 벗어나 어디론가 움직이고 있었다.

나는 탐정 교본의 '미행' 부분에서 읽은 것을 떠올렸다. 몸을 숨겨 가며 최대한 소리를 내지 않고 뒤를 밟았다. 한참을 따라가 다가 우주가 어디로 향하고 있는지 깨달았다. 분명 마을 위원회 가 열리는 교장 선생님의 집이었다.

교장 선생님 집에 모여 어른들이 회의를 한다는 것은 알고 있었다. 다만 어른들이 모여 무엇을 하는지 딱히 궁금해하지 않았다. 마을의 중요한 일들을 논의한다는 정도만 알고 있었다. 교장 선생님 집 근처까지 도착했을 때 즈음 우주가 휙 돌아섰다.

"어디까지 쫓아올 거야?"

나는 놀라서 소리를 지를 뻔했다. 사실 미행은 탐정 교본에 나오는 기술 중에서도 내가 가장 자신 없는 부분이긴 했다. 우주가 언제부터 알아챘는지 모르겠지만, 나를 신경 쓰지 않겠다는 태도였다. 우주는 집 뒤편의 풀밭을 살피기 시작했다. 나는 그 모습을 어리둥절하게 지켜보았다. 우주는 풀숲에서 사다리를 찾아 내 2층 창문에 닿도록 세웠다. 우주가 말했다.

"보고 있을 거면 사다리나 좀 잡아 주든가."

우주는 고민 없이 사다리를 올라가기 시작했다.

"야! 너 진짜 올라가는 거야?"

내 질문이 무색하게 우주는 거의 2층에 도착해 있었다. 나도 급하게 사다리에 올라탔다. 심장이 튀어나올 것처럼 뛰기 시작했다. 다리가 후들거렸다. 하지만 이미 사다리에 올라탔으니 뒤돌아 갈 수는 없었다.

우리는 창문을 열고 방 안으로 들어갔다. 그리고 방문을 열고 나가 1층으로 내려가는 계단으로 향했다. 자세를 낮추고 발끝을 세운 채 움직이는 우주의 모습이 마치 고양이 같았다. 나도 우주를 따라 했다.

1층과 2층을 연결하는 층계참까지 가자 어른들의 목소리가 들렸다. 계단 손잡이 아래로 난간을 가리는 짧은 커튼이 드리워져 있었다. 대체 이런 게 왜 있는지 의문을 갖기도 전에, 우주는 커튼을 더듬어 작은 구멍을 찾아냈다. 나도 내 앞의 커튼에서 작은 구멍을 찾았다. 구멍에 눈을 대자 회의를 하고 있는 어른들의 모습이 보였다. 지난번 이 집에서 우주를 우연히 만난 날 보았던 커다란 테이블에 어른들이 둘러앉아 있었다.

익숙한 엄마의 목소리가 들렸다.

"도서관에 책을 늘렸으면 좋겠어요."

누군가 바로 엄마의 말에 반대했다.

"그건 위험해요. 너무 많은 걸 알게 되면 오류가 생깁니다. 아이들은 책을 보고 새로운 의문을 가질 테니까요."

엄마는 물러나지 않고 말했다.

"과학이나 자연에 대한 책은 괜찮을 거예요. 온새미로 규칙에 위배되는 책들은 모두 제외할게요."

테이블의 끝자리에 앉은 교장 선생님이 말했다.

"책을 늘리는 건 괜찮습니다. 다만 도서 위원회에서 책임지고 책의 내용을 검토하도록 하세요."

'온새미로의 규칙에 위배되는 책이 있다고?'

의문이 생기자마자 이번에는 은석이 아빠가 손을 들었다.

"저, 은석이 키를 좀 더 키워 주셨으면 좋겠어요. 그 애는 농구를 정말 열심히 하거든요. 유전적인 요소만 고려하는 건 너무 가혹합니다."

교장 선생님이 고개를 저었다.

"그건 허락할 수 없습니다. 모든 부모가 자기 아이의 키를 키우고 싶을 거예요. 그러면 우리 마을은 키다리 마을이 되겠죠."

"하지만 키가 크는 데 유전적인 요소만 작용하는 건 아니잖아요. 조금만 크게 '설정'해 주시면 안 될까요. 덩크 슛 하는 게 꿈인 아이예요."

'설정이라고?'

우유를 1리터씩 먹는 은석이를 떠올렸다. 그 애는 우유를 먹으면 키가 큰다는 굳은 믿음을 가지고 있었다. 한번은 무리해서 우유를 먹다가 뿜어 내기도 했다. 이번에는 재이와 재오네 엄마가 손을 들었다.

"저도 비슷한 의견이에요. 아이들 외모를 좀 개선해 주셨으면 해요. 그러니까 제 말은, 피부만요. 여드름 때문에 하루 종일 거울만 본다고요."

교장 선생님은 이번에도 완고한 목소리로 말했다.

"그렇게 하나씩 포기하면 아이들이 본연의 모습으로 자랄 수 없습니다. 완벽한 피부를 갖게 되면, 그다음에는 더한 걸 원하게 되겠지요."

부모님들은 조용해졌다. 혼나는 아이들 같기도, 답을 모르는 학생들 같기도 했다. 그때 세림이 엄마가 일어나 말했다.

"온새미로가 저희의 유일한 대책은 아니라는 걸 알고 계시잖아요? 이렇게 독단적인 방식이라면 사람들이 탈퇴를 생각할 수도 있습니다."

자리에서 누군가 벌떡 일어났다. 우리 엄마였다.

"어떻게 탈퇴 얘기를 하실 수 있나요? 우렁이 일도 얼마 되지 않았어요!"

엄마 옆에 앉아 있던 수빈이 엄마가 눈물을 흘렸다.

"우렁이 얘기가 나와서 말인데, 너무 충격적이었어요. 떠나더라도, 인사 한마디 없이 그렇게 떠날 줄을 몰랐어요. 이곳을 좋아했잖아요. 우렁이가 친구들과 인사할 시간도 주지 않았어요."

엄마가 수빈이 엄마의 등을 쓸어 주며 말했다.

"여러분도 잘 알잖아요. 신생아를 키우는 게 얼마나 힘든 일인지. 게다가 우렁이 동생이 유전병 판정을 받을까 봐 우렁이 부모님이 노심초사했어요. 지속적인 치료가 필요한 상황이 아니었다면 절대 온새미로를 떠나지 않았을 거예요. 좀 급하게 떠나긴 했지만, 충분히 고민하고 내린 결정이었을 거예요."

"애초에 온새미로 밖에서 아이를 키운다는 것 자체가 불가능한 일이에요."

우렁이의 동생이 파란 나라 밖에 있다고? 그 아이 때문에 파란 나라를 떠난 거라고? 또 다른 어른이 말했다.

"마을 규모를 키우는 건 어떨까요? 이별에 익숙해질 기회를 만들어 주는 거죠."

조용히 있던 아빠가 처음으로 입을 열었다.

"그건 안 됩니다. 오류를 막는 게 만만치 않아요."

그때 현관문이 열렸다. 들어온 건 우주의 엄마와 아빠였다. 나는 옆에서 숨소리도 내지 않고 회의 현장을 지켜보고 있는 우주의 옆모습을 흘깃 보았다. 우주 아빠는 비틀거리며 걸었고, 그런 우주 아빠를 우주 엄마가 부축했다. 우주 엄마는 늦어서 죄송하다고 계속 속삭이듯 사과를 했다. 우주 아빠가 말했다.

"아, 이런, 늦어서 죄송합니다."

전혀 미안해하는 것 같지 않은 말투였다. 교장 선생님이 우주 아빠에게 말했다.

"술을 드셨나요?"

"제정신으로 여기 오는 건 너무 힘들어서 말입니다."

우주 아빠는 쓰러질 듯 의자에 앉았다. 교장 선생님이 가라앉은 목소리로 말했다.

"무슨 의미인지 이해가 가지 않는군요."

우주 아빠는 픽, 하는 소리를 내며 웃었다. 예전에 그를 만났을 때가 떠올랐다. 그때도 저런 얼굴이었다. 무슨 말을 듣든지 비웃을 준비가 된 얼굴.

"다들 진지한 척하는 게 웃겨서 말입니다. 사실 우리 부모 '놀이'를 하고 있잖습니까."

누군가가 벌떡 일어났다.

"저 사람 제명해야 해요!"

사람들이 웅성거리기 시작했다. 우주 아빠는 전혀 기죽지 않고 말을 이어 나갔다. 평소의 조용한 모습은 찾아볼 수 없었다.

"여러분 다 즐기고 있잖아요. 아이들을 입히고 먹이고 잔소리도 해 가면서 부모 놀이를 하고 있잖아요. 아닌가?"

교장 선생님이 조용히 자리에서 일어났다. 또각또각 구두 소리를 내며 우주 아빠에게 다가갔다. 그리고 입을 열었다.

"근본적인 질문을 던지시는군요."

주변이 순식간에 조용해졌다.

"우주 아버님, 당신이 처음 온새미로에 오게 해 달라고 사정하던 모습을 기억합니다."

우주 아빠는 아무 말도 하지 못하고 고개를 돌렸다.

"정말 간절해 보였죠. 여기 오는 분들 모두 처음에는 간절히 기회를 얻길 바라니까요."

나는 침을 꼴깍 삼키며 다음 말을 기다렸다.

"저는 여기 오고자 하는 분들과의 첫 만남 때 늘 같은 질문을 합니다. '진짜' 부모가 될 준비가 되어 있냐고 묻죠."

교장 선생님은 다시 몸을 돌려 자신의 자리로 향했다. 그리고 모든 부모님들을 향해 말했다.

"그 말을 제대로 이해하지 못한 분도 있는 것 같군요."

교장 선생님은 양손으로 테이블을 짚었다.

"모두 잘 들으세요. 여러분이 온새미로를 찾아온 건, 좋은 부모가 되고 싶기 때문입니다. 아이들을 잘 키우고 싶기 때문이에요. 건강하고 행복하게. 그게 전부입니다."

교장 선생님은 숨을 몰아쉬더니 말을 이어 나갔다.

"너무 쉽게만 가려고 하지 말아요. 부모가 되는 건 아주 어려운 거예요. 아이들은 고통을 느끼고, 방황을 할 거예요. 인간은 그렇게 태어나니까요. 부모가 바라는 대로 만들어진 아이를 원하시나요? 그렇다면 온새미로에 있을 자격이 없습니다."

침묵이 흘렀다. 그 침묵을 깬 건 아빠였다.

"분위기가 무거워진 것 같은데요. 가벼운 제안을 하나 하고 싶어요. 크리스마스에 눈이 오게 하면 어떨까요?"

누군가의 아빠가 말했다.

"그건 우리가 임의로 결정할 수 없는 문제인데요."

"하루만 예외를 둘 수도 있지 않을까요? 중학교에 온 아이들이 한 해를 잘 견뎌 주었잖아요. 작은 선물로요."

누군가 입을 열기를 기다리는데 우주가 몸을 홱 돌려서 다시 2층으로 향했다. 나는 허겁지겁 우주의 뒤를 따랐다. 우주는 다람쥐처럼 빠르게 사다리를 내려갔다. 혹시 우주가 사다리를 치

울지도 모른다는 불안감에 나도 바짝 따라 내려갔다. 마음이 급해서 무서워할 틈도 없었다.

강당까지 어떻게 돌아왔는지 기억이 나지 않는다. 우리는 달리고 또 달렸다. 방금 들은 이야기들이 머릿속을 스쳐 지나갔다. 설정, 좋은 부모, 고통, 우렁이의 동생, 이런 단어들…. 그리고 우주는 왜 저렇게 침착한 건지, 애초에 어떻게 저기에 들어갈 생각을 했고, 사다리와 커튼은 또 뭔지, 숨이 턱까지 차오르도록 달리면서도 생각이 멈추지 않았다.

강당 앞에 도착하자 우주는 숨을 고르고 나를 한 번 노려봤다. 우주의 얼굴은 싸늘했다.

"오늘 들은 거 아무한테도 얘기하지 마."

나는 고개를 끄덕였다. 그 정도는 말하지 않아도 알 수 있었다. 강당 안으로 들어가려는 찰나, 등 뒤에서 누군가의 목소리가 들렸다.

"너희 둘, 어디 다녀오는 거니?"

뒤를 돌아보니 미로 쌤이 서 있었다. 웃음기가 전혀 없는 얼굴이었다.

"그게, 파, 파랑새를 봐서요."

미로 쌤이 내 손끝이 향한 쪽으로 시선을 돌렸다.

"저기 나무 위에 있었어요. 이제는 날아갔어요."

선생님은 나와 우주를 번갈아 보았다. 시간이 멈춘 것 같았다. 선생님이 입을 열었다.

"어서 안으로 들어가렴. 함부로 돌아다니지 말고."

안으로 들어가자, 우리가 나갔을 때와 똑같은 풍경이 펼쳐졌다. 아이들은 공놀이를 하고, 게임을 하고, 수다를 떨고 있었다. 우주는 내게서 미련 없이 등을 돌렸다.

나는 구석에 앉아 아까 들은 이야기들을 기억나는 대로 다시 떠올려 보았다. 질문이 꼬리를 물었다.

우리의 신체를 '설정'할 수 있다는 건 무슨 뜻이지?

우렁이의 동생은 왜 볼 수 없었던 걸까?

우주 아빠는 왜 부모 '놀이'라고 한 거지?

어른들이 뭔가 실험을 하고 있는 걸까?

이해되는 게 하나도 없었다.

열 시 즈음에야 부모님들이 우리를 데리러 왔다. 엄마와 아빠는 평소보다 지친 얼굴이었다. 내가 보고 들은 것들 때문에 그렇게 느껴지는 것일지도 몰랐다. 아무것도 이전처럼 보이지 않았다.

비밀의 방

다음 날 아침, 나는 평소보다 빨리 일어났다. 밤새도록 요란한 꿈을 꾸었다. 꿈속에서 내 몸이 갈가리 찢기고 나뉘어 결국 사라지고 말았다.

"파랑이 일어났니?"

엄마는 평소처럼 웃어 보였다. 하지만 엄마를 따라 웃을 수 없었다. 입꼬리가 도무지 올라가지 않았다.

학교에 가자 모든 게 달라 보였다. 쉬는 시간에 은석이가 농구를 하는 모습에서도 눈을 뗄 수 없었다. 그 애는 오늘도 우유를 두 팩이나 마셨다. 은석이는 작은 키로도 멋진 레이업 슛을 할 수 있다. 그렇지만 만약 자기 키가 이미 정해져 있다는 걸 알게 되면 실망할 것이다.

우주는 나를 신경도 안 썼다. 점심시간, 혼자 앉아 밥을 먹는 우주에게 다가갔다. 두 명이 앉을 수 있는 식탁이었지만, 우주는 한쪽 의자에 겉옷을 올려 두었다.

"전우주, 나랑 얘기 좀 해."

내가 먼저 우주에게 말을 걸었다.

"이제 우령이 대신 우주랑 노는 거냐?"

주변에 있던 친구들이 놀리듯이 말했다. 나는 개의치 않고 우주의 겉옷을 치우고 맞은편에 앉았다.

"어제 말이야."

내가 말을 시작하기도 전에 우주는 접시를 들고 일어났다. 나는 우주를 쫓아갔다.

우주는 건물 밖의 산책로에 있는 한적한 벤치에 앉아 남은 샌드위치를 들었다.

"하고 싶은 말이 뭐야?"

"어제 넌 알고 들어갔던 거야?"

"맞아, 일부러 들어간 거야. 알아야 할 게 있어서."

"뭘 알아내려고 했는데?"

"너랑 팀이 될 생각 없어. 그러니까 방해하지 않았으면 좋겠어."

"탐정들은 보통 팀으로 일하거든."

"고독한 탐정도 많아. 배신을 애초에 방지할 수 있지. 할 말 다 했으면 나는 일어날게."

우주는 남은 샌드위치 한 조각까지 먹고 난 뒤 자리에서 일어났다.

포기할 내가 아니었다. 방과 후 수업에 내가 들어가자 우주는 작게 한숨을 쉬었다.

나는 수업을 흘려 들으며 한 시간을 버텼다. 머릿속은 어떻게 하면 우주를 설득해서 진실을 알아낼 수 있을지 방법을 생각해 내느라 바빴다. 그런데 미로 쌤이 수업을 끝내며 예상치 못한 이야기를 했다.

"내일 수업 때는 여러분을 우리 집에 초대하려고 해요."

나도 모르게 "왜요?"라는 말이 튀어나왔다.

"학생이 두 명이 된 기념이랄까."

선생님은 가벼운 말투로 말했지만, 표정은 여전히 굳어 있었다. 선생님이 마을 위원회 일로 우리를 추궁할 것이라는 직감이 들었다.

집에 가는 길에 나는 우주를 쫓아갔다.

"선생님이 어디까지 아시는 걸까?"

우주는 얼굴을 찌푸릴 뿐 대꾸가 없었다. 나는 마음이 답답했다.

"선생님이 밖에 왜 나갔냐고 물으시면 뭐라고 하지? 너랑 나랑 말을 맞춰야 하잖아."

말없이 걷던 우주가 갑자기 멈춰 섰다.

"대체 왜 따라온 거야? 여태까지 이런 실수는 한 번도 없었어. 들키면 너 때문이야."

우주는 벌컥 화를 냈다.

"만약 선생님이 그날 일을 물어보시면, 우리는 강당 근처에 계속 있었던 거야. 교장 선생님 집 쪽으로는 얼씬도 안 했어. 그것만 기억해."

우주는 그렇게 말하고 집 쪽으로 뛰어가 버렸다.

들킨 게 처음이라는 건, 이미 회의를 엿들은 경험이 여러 번이라는 뜻이었다. 탐정은 내가 아니라 우주였다.

다음 날, 꽃다발을 들고 미로 쌤 집으로 향했다. 전날 숲에서 딴 마거릿이라는 꽃이었다.

막상 수업이 끝나고 출발할 시간이 되자 선생님은 급한 일이 생겼다며 먼저 가 있으라고 했다.

"교장 선생님이 갑자기 출장을 가셨어."

교장 선생님의 출장 중에는 미로 쌤이 더 바빠지고는 했다. 미로 쌤은 어쩔 수 없다는 듯 우리에게 집 열쇠를 건넸다.

우주와 함께 선생님의 집에 들어왔다. 우주와 두 번이나 이 집에 숨어서 어른들의 이야기를 엿들었다. 위원회 날 우리 몸을 가려 주었던 커튼은 치워져 있었다. 아직도 그날을 생각하면 몸이 뻣뻣하게 굳는 것 같았다.

들어오자마자 우주는 집을 둘러보기 시작했다. 마치 탐정이 사건의 증거를 찾는 느낌이었다.

"전우주, 또 뭘 하는 거야?"

도무지 예상이 안 되는 아이였다. 우주는 여느 때처럼 철저하게 나를 무시했다. 우주는 지하로 통하는 문을 찾아내더니 계단을 내려가기 시작했다.

"거긴 왜 가는 거야? 빈집에서 막 돌아다니면 어떻게 해!"

나는 우주를 따라 얼결에 지하로 내려갔다.

"찾았다."

우주의 말에 눈앞의 벽을 자세히 보았다. 벽과 똑같은 나무 재질이라서 바로 알아채지 못했지만, 잘 보니까 문이 하나 있었다. 그리고 문 위에 붉은 마름모 무늬가 보였다. '그 방'을 뜻하는 표식이었다. '그 방'은 집마다 다른 장소에 있었다. 우리 엄마 아빠의 '그 방'은 지하실에 있었다. 어디에 있는지 아예 감추는 부모님들도 많았다. 우령이도 부모님의 '그 방'이 어디에 있는지 정확히 모른다고 했었다.

우주는 기다란 철심을 주머니에서 꺼내더니 문고리에 넣고 이리저리 돌리기 시작했다. 탐정 소설에서 저렇게 잠긴 문을 따는 걸 본 기억이 났다. 믿을 수 없는 건 한참을 씨름한 끝에 정말 문이 열렸다는 것이다. 우주가 말했다.

"파란 나라의 비밀을 알고 싶어? 그러면 여기 들어가 봐."

"미쳤어?"

나는 문이 활짝 열리기 전에 다시 닫으려고 했다. 하지만 내가 머뭇거리는 사이 우주가 문을 열어 버렸다.

"그럼 넌 밖에 있어. 난 들어갈 테니까."

나는 문고리를 부여잡았다. 그리고 문을 열었다. 어른의 '그 방'에 들어간다는 사실이 믿기지 않았다.

나는 문이 닫히지 않도록 들고 있던 가방으로 괴어 놓았다. 당장이라도 선생님이 올 것 같았다. 밖에서 나는 작은 소리에도 예민해졌다. 귀를 열어 놓은 채 방을 눈으로 훑었다. 방은 생각보다 평범했다. 눈에 들어온 건 딱 한 사람이 쓸 법한 의자와 책상이었다. 책상 위에는 책이 몇 권 놓여 있을 뿐이었다.

책상 옆의 탁자에는 액자가 몇 개 놓여 있었다. 나는 액자 속 사진을 자세히 보았다. 미로 쌤은 바닷가 앞에 서 있었다. 바다가 어떻게 생겼는지는 책에서 봐서 알지만 직접 가 본 적은 없었다. 바다 앞에 선 선생님의 표정도 학교에서는 볼 수 없는 활짝 웃는 모습이었다. 머리카락이 바람에 날려서 얼굴이 반밖에 보이지 않았지만 기분이 좋아 보였다. 우주에게 물었다.

"미로 쌤이 다른 마을에 간 적 있다는 거, 알고 있었어?"

"선생님이 되기 위해 다른 마을에서 공부하셨다고 했어. 스무 살이 될 때까지는 집에서 홈 스쿨링을 하셨고."

두 번째 사진에서 선생님은 커다란 테이블에 몇몇 사람들과 앉아 있었다. 사람들은 커다란 잔을 부딪히고 있었고, 테이블 위에는 다양한 모양의 접시와 음식이 놓여 있었다. 술에 취한 듯 얼굴이 붉은 사람도 있었고, 모두 치아가 보이게 웃고 있었다.

세 번째 사진은 더욱 놀라웠다. 몇 명의 사람이 귀신 복장을 하고 있었는데, 얼굴을 한참 보고서야 그중 한 명이 선생님이라는 걸 알아차릴 수 있었다. 선생님은 마녀 모자를 쓰고 검은색 짧은 드레스를 입고 있었다. 검은색 스타킹이 군데군데 찢어져 있어서 마치 뛰어다니다가 시멘트 바닥에서 넘어진 것 같았다. 짙은 화장 때문에 눈가는 검은색 잉크가 번진 것처럼 보였고, 입술도 눈가와 같은 검은색이었다. 볼에는 반짝이는 별 스티커가 붙어 있었다.

가장 놀라운 건 선생님의 표정이었다. 선생님은 한쪽 눈을 윙크하듯 감고, 입술을 마치 뽀뽀하듯이 쭉 내민 우스꽝스러운 표정을 짓고 있었다. 몹시 신이 난 것처럼 보였다. 내가 물었다.

"미로 쌤이 이런 표정 짓는 거 본 적 있어?"

우주가 대답했다.

"당연히 없지."

나는 방에서 뭔가를 더 찾아보려고 했지만, 흰 벽밖에는 더 볼 게 없었다.

"너, 어른들 '비밀의 방'에 들어오는 거 정말 처음이야?"

지나치게 차분해 보이는 우주를 의심하며 내가 물었다. 우주는 대답하지 않았다.

"별거 없는 거 같은데."

나는 중얼거리면서 액자를 다시 집어 들었다. 방은 놀라울 게 없었다. 놀라운 건 미로 쌤의 사진 속 모습뿐이었다. 아무리 봐도 사진 속 사람과 미로 쌤이 연결이 되지 않았다. 내가 혼잣말처럼 중얼거렸다.

"대체 왜 이렇게 입으신 걸까?"

우주는 나보다 뭔가 더 알고 있을지도 몰랐다. 하지만 들려온 목소리는 우주의 것이 아니었다.

"핼러윈 축제였거든. 대학 시절 사진이야."

등 뒤에서 들려온 미로 쌤의 목소리에 나는 '으악!' 하고 소리를 질러 버렸다. 미로 쌤은 문에 기대어 서서 말했다.

"궁금증을 풀어 줬으니, 이제 내가 물어봐도 되겠지? 너희는 왜 여기 있는 거지?"

나는 얼어붙어서 아무 말도 못 했다.

"너희는 규칙을 잘 지키지 않는 것 같구나. 마을 위원회 때도 허락 없이 밖에 나갔었지. 자, 딱 한 번 변명할 기회를 줄게."

손이 달달 떨려 왔다. 숨이 안 쉬어져서 말문이 막혔다. 이번에는 어떤 변명도 할 수 없을 것 같았다. 하지만 미로 쌤은 팔짱을 낀 채 끈기 있게 우리의 대답을 기다렸다. 우주는 입을 꾹 다물고 있었다.

우리가 말이 없자 미로 쌤은 전화기가 있는 쪽을 힐끗 보았다.

"부모님께 전화를 드려야겠구나."

내가 다급하게 외쳤다.

"꿈 프로젝트예요! 제 꿈이 탐정인 거 아시죠? 공식적으로는 '기타'에 속하지만요. 꿈 프로젝트로 파란 나라의 비밀을 파헤쳐 볼 생각이거든요."

내 귀에는 그럴듯하게 들렸다. 미로 쌤한테도 부디 그렇게 들리기를 바랐다.

"제가 책에서 잠긴 문 여는 방법을 읽었거든요. 그래서 실험 삼아 한번 해 봤는데, 정말 열려 버렸어요."

나는 기어들어가는 목소리로 덧붙였다.

"허락 없이 들어온 건 죄송해요."

미로 쌤은 팔짱을 풀지 않고 우리를 바라보았다.

"그래도 부모님께 말씀은 드려야겠어."

나는 고개를 숙였다. 최대한 불쌍해 보이는 표정이 뭘까 고민했지만 우는 건 좀 창피했다. 갑자기 억울한 생각이 들었다.

"선생님, 저희가 문을 열고 들어온 건 잘못했습니다. 그런데, 애초에 '그 방'에 들어가면 안 된다는 법칙은 아무 데도 없지 않나요? '그 방'을 어떤 이유로 금지했는지 알려 준 사람은 아무도 없었어요."

상황이 이렇게 되니 오히려 무서움이 달아났다. 혼나도 어쩔 수 없다는 생각이 들었다. 곧 미로 쌤이 전화를 거는 소리가 들려올 거라고 생각했다.

"합격이야."

고개를 들자 미로 쌤이 나를 보고 말했다. 미로 쌤 입가에 미소가 떠올라 있어서 나는 꿈을 꾸는 건가 싶었다.

"왜 합격이에요?"

우주가 항의하듯이 말했다. 나는 이게 무슨 상황인지 몰라서 두 사람이 설명해 주기만 기다렸다.

"일단 밖으로 나오렴."

우주와 나는 미로 쌤을 따라 방에서 나왔다. 미로 쌤이 우리에게 오렌지 주스를 내어 주며 얘기했다.

"놀랐지? 우리 모임에 파랑이 널 끼워 주려면 몇 가지 검증이 필요했어."

"잠깐만요, 지금 모임이라고 하셨어요? 일종의 비밀 모임, 그런 거예요?"

"그런 셈이지."

"우주 쟤도 그 모임 소속이고요?"

미로 쌤은 고개를 끄덕였다.

"그러니까 제가 위원회를 훔쳐본 것도 알고 계셨다는 건가요? 오늘 선생님의 방에 들어올 거라는 것도요?"

이번에는 우주가 말했다.

"나랑 선생님이랑 미리 얘기한 거야. 여기 문은 원래 열려 있었어."

나는 할 말을 잃었다.

"잠깐만요. 정리를 좀 해 볼게요. 그러니까 쌤이랑 우주가 한편이고, 거기에 절 끼워 주신다는 말씀이시죠?"

미로 쌤이 재차 고개를 끄덕였다.

"너희 둘이 이 집에서 처음 만난 날 기억하니? 저기 숨으라고 알려 준 것도 나야."

미로 쌤이 우주와 내가 숨었던 커다란 서랍장을 가리키며 말했다.

"나도 거기 숨은 적이 있어. 어렸을 때 엄마랑 숨바꼭질을 많이 했거든. 그래서 엄마가 가구 배치를 바꾸지 않았지. 나한테 숨을 공간을 주려고 말이야. 아직도 누가 거길 이용하리라고는 생각 못 했을 거야. 거기 들어가기에는 난 이미 너무 자랐으니까."

미로 쌤이 교장 선생님을 엄마라고 부르는 게 새삼 어색했다. 교장 선생님과 미로 쌤은 학교에서는 깍듯하게 서로를 선생님이라고 불렀다.

"이 모임은 언제부터 있었던 거예요?"

"우리도 얼마 안 됐어."

우주가 어딘지 불만스러운 얼굴로 말했다. 우주는 내가 모임에 들어오는 게 달갑지 않은 듯했다. 수업 중에 우리를 집중시킬 때처럼 선생님이 손뼉을 두 번 쳤다.

"자, 모임에 대한 얘기는 차차 하고, 너희가 들은 회의 내용에 대해서 다시 얘기해 볼까."

우주가 간단히 설명했다.

"부모님들은 '설정'에 불만이 많아요. 재이와 재오의 여드름을 없애 달라고 했고, 은석이의 키 얘기도 또 나왔고요."

"특별한 건 없구나."

"파랑이 엄마가 도서의 수를 늘리고 싶다고 했고, 그건 승인 됐어요."

선생님이 가볍게 고개를 끄덕였다.

"아빠는, 이번에도 술에 취해서 왔어요."

선생님이 우주의 얼굴을 살폈다. 우주는 아랑곳하지 않고 말했다.

"또 행패 부리다가 교장 선생님한테 혼났죠, 뭐. 교장 선생님이 이렇게 얘기하셨어요. '여러분이 여기 왔을 때의 모습을 기억합니다. 여러분 모두 간절한 모습이었죠' 하고요."

"우주야. 너 괜찮니?"

"당연히 괜찮죠. 한두 번도 아닌데요."

우주는 미로 쌤한테 웃어 보였다. 내가 끼어들었다.

"저, 이게 다 무슨 뜻이에요? '설정'한다는 건 무슨 뜻이고 '삭제'는 또 뭐죠?"

우주가 무릎을 탁 쳤다.

"아, 맞다! 우령이가 떠난 일 때문에 잠깐 분위기가 안 좋아졌어요. 세림이 엄마가 온새미로 말고도 대안이 있다고 했어요."

"대안이 있다고?"

미로 쌤이 생각에 잠겼다. 둘만의 세계에서 나는 보이지 않는 것 같았다.

"저, 누가 이 상황에 대해서 저한테 설명 좀 해 주시겠어요?"

생각에 잠겨 있던 미로 쌤이 나를 보며 말했다.

"차차 알려 줄게. 네가 진실을 바라볼 준비가 된다면 말이야."

다음 방과 후 수업 때 만나기로 하고 미로 쌤의 집에서 나왔다. 머리가 터져 버릴 것 같았다. 당장 모든 걸 알고 싶었다. 하지만 한편으로는 미로 쌤의 마지막 말이 마음에 걸렸다. 나는 진실을 알 준비가 된 걸까. 진실은 무조건 밝혀야만 한다고 생각했는데 마음이 복잡했다.

옆에서 걷는 우주도 생각에 잠겨 있었다. 이 아이는 어떻게 진실을 알게 된 건지 궁금해서 견딜 수 없었지만, 나도 말할 기운이 없었다. 며칠 새 너무 많은 일이 일어났다.

"너, 어른들이 술 마시면 어떻게 되는지 궁금하다고 했지?"

우주네 집에 거의 도착했을 때 우주가 입을 열었다.

"그날 우리 아빠 봤지? 평소에 하지 않던 말을 해. 마음속에 감춰 놓은 진짜 말들. 그리고 슬퍼하기도 해. 슬퍼하는 걸 어떻게 아느냐고? 평소보다 날 빤히 봐. 내 얼굴에 무언가를 숨겨 놓은 것처럼. 그때 바로 어른은 취해 있는 거야."

"미안해."

진심이었다. 우주의 아픈 부분을 꺼내게 한 게 후회스러웠다. 우주가 말했다.

"너를 받아 준 건, 네가 이 세계의 일부를 보았기 때문이야. 너를 믿는다는 뜻은 아니야."

우주는 내일 보자고 인사하고는 집으로 향했다. 나는 우주의 뒷모습이 길모퉁이에 가려 보이지 않을 때까지 바라보았다.

미로 쌤과 우주와 나는 그렇게 한 팀이 되었다. 그 뒤로 방과 후 수업 때는 파란 나라에서 일어나는 이상한 일들에 대해 이야기했다. 나는 새롭게 알게 된 몇 가지 사실을 노트에 적었다.

첫째, 부모님들은 우리를 '설정'할 수 있다.

키나 몸무게뿐만이 아니었다. 우리가 보는 것, 듣는 것도 모두 정교한 계획에 따른 결과였다. 다만 규칙이 있는데, 거기에 대해서는 확실히 밝혀진 게 없었다.

둘째, 부모님의 요청에 의해 우리는 '삭제'될 수 있다.

삭제라는 게 뭔지 정확하지는 않았다. 다만, 삭제되면 어떤 식으로도 파란 나라로 돌아오거나 연락할 수 없다. 삭제된 사람들에 대한 정보는 더 이상 파란 나라에 존재하지 않는다.

셋째, 파란 나라와 같은 마을이 어딘가에 또 존재한다.

이건 이번 위원회에서 밝혀진 사실이었다. 파란 나라 말고도 아이들을 '설정'하는 마을이 또 존재한다는 뜻이었다.

"그런 사실을 우리만 알고 있으면 안 되는 거 아닌가요? 모두한테 알려야죠!"

내 말을 들은 미로 쌤이 고개를 저었다.

"그건 너무 위험해. 우리가 알아낸 건 충분치 않아. 증거를 모아야 해."

"이 정도도 대단한 거 아니에요? 부모님한테 우리가 알아낸 걸 얘기하는 건 어때요?"

내 말에 우주가 고개를 저었다.

"거봐요, 얘는 아니라니까요. 성질만 급해서는."

나는 무시당했다는 생각에 얼굴이 붉어졌다.

"하지만 언제까지 자료만 모을 건데? 결정적인 증거가 나온다는 보장도 없잖아."

우주는 내가 펼쳐 놓은 메모장을 낚아채더니 쫙쫙 찢었다.

"뭐 하는 거야!"

"보안을 위해서지. 넌 탐정이라면서 그런 것도 모르니?"

미로 쌤이 우리를 번갈아 보더니 외쳤다.

"안 되겠다. 야외 수업이다!"

우리는 동쪽 숲의 한적한 산책로를 따라 걸었다. 미로 쌤이 단골이라는 카페에 들어가서 음료를 샀다.

"코코아 두 잔! 커피 한 잔! 맛있게 드세요!"

점원이 활기찬 목소리로 말했다. 도서관에 다녀오는 길에 엄마와 종종 들렀던 카페였다. 우리는 파라솔이 있는 테이블에 앉아 음료를 마셨다. 달콤한 걸 마셔도 억울한 마음이 사그라들지 않았다. 엄마가 단 음식이 세로토닌과 도파민의 분비를 도와서 기분이 좋아지게 만든다고 했는데 말이다. 내가 불쑥 말했다.

"저도 쉽게 얘기한 건 아니에요. 하지만 뾰족한 수가 없잖아요."

"우리가 그동안 아무 고민도 안 한 줄 알아?"

우주가 나를 노려보았다. 미로 쌤은 감싸 쥐고 있던 컵을 테이블에 내려놓고는 말했다.

"이렇게 아름다운 곳에서 달콤한 코코아를 마시면서 화만 낼 셈이야?"

미로 쌤은 나를 보면서 싱긋 미소를 지었다.

"선생님이 너희만큼 어렸을 때, 선생님한테도 단짝이 있었단다. 딱 너하고 우렁이 같았지."

나는 그 친구가 지금은 어디에 있냐고 묻지 않았다. 파란 나라를 떠났다는 뜻일 테니까. 미로 쌤이 말을 이었다.

"믿기지 않겠지만, 그때 우리는 이미 파란 나라에 비밀이 있다는 걸 어렴풋이 알고 있었어. 우린 탐정이 꿈은 아니었지만, 내친구는 꽤나 열심히 비밀을 풀어내는 데 열중했어. 하지만 친구가 사라지고 말았어. 갑작스러운 전학이었지."

"그때 뭘 알아내셨는데요?"

내 질문에 미로 쌤은 고개를 저었다.

"사실은, 그때 뭘 알아냈는지 잊고 살아왔어. 불과 얼마 전까지도 말이야. 최근에 암호를 발견하고 나서야, 어쩌면 그 사실 때문에 친구가 사라진 걸 수도 있다고 생각했어."

"암호요?"

선생님은 고개를 끄덕였다.

"친구와 내가 만든 암호가 있거든. 그걸 우연히 찾은 거야. 그걸 새긴 상황은 도무지 떠오르지 않지만."

"혹시 기억이 지워지는 건가요?"

만약 기억도 조작이 되는 거라면, 상상만으로도 등줄기가 서늘해졌다.

"아직 '증명'된 건 아니지만 그럴 수도 있다고 가정하고 있어."

몸이 얼어붙는 것 같았다. 미로 쌤이 말을 이어 나갔다.

"네가 아까 말했듯이 부모님들한테 협상을 시도해 본 적이 있을지도 몰라. 확실한 건 우리가 알아낸 정보로는 충분치 않았다는 거야."

우주는 먼저 집으로 가야 한다며 일어섰다. 부모님이 곧 돌아올 거라고 했다. 미로 쌤은 집으로 향하는 우주의 모습이 보이지 않을 때까지 눈을 떼지 않았다. 얼마 전의 내가 그랬던 것처럼 말이다.

미로 쌤과 나는 숲을 더 산책하기로 했다. 충격으로 말을 잃은 나에게 선생님이 다정하게 말했다.

"우렁이 일이 궁금하지? 나도 그날 오후에야 들었단다. 유감이지만 그게 내가 아는 전부야. 파란 나라에서 아이들이 사라질 땐 대부분 그런 식이야."

미로 쌤은 진심으로 안타까워하는 얼굴이었다.

"선생님은 수학만 좋아하는 사람인 줄 알았어요. 너무 달라 보여요."

미로 쌤이 하하하, 하고 소리 내서 웃었다.

"내가 부모들한테 믿음을 사야 하니까. 그게 유리해."

"그럼 수학을 좋아하는 것도 연기인가요?"

선생님은 더 크게 웃었다.

"아니, 그건 진짜야."

"재밌어서 좋아하시는 거예요?"

"응, 재밌어. 수학만큼 확실한 세계는 없거든. 1 더하기 1은 2라는 건 어느 나라에서나 통용되는 약속이자 규칙인 거야."

나는 조심스럽게 말했다.

"그러니까 재미가 없는 거 아닐까요?"

"적어도 수학은 정직하잖아. 확실한 게 하나도 없는 파란 나라에서 나도 믿을 만한 게 하나쯤은 필요했거든."

"그런데 암호는 어떻게 생겼어요? 저도 볼 수 있어요?"

"최대한 자연적으로 생긴 무늬처럼 보이게 하려고 했어. 장소 선정도 중요하지. 사람들이 자주 드나드는 장소이되, 너무 흔한 곳은 안 돼. 우리까지 암호를 발견 못 하면 안 되니까."

어렸을 때의 미로 쌤을 상상했다. 미로 쌤도 어쩌면 나와 같은 과정을 거쳤는지도 모른다. 친구를 잃고, 파란 나라의 비밀을 파헤치고, 실패하고, 다시 시도하고 그런 과정들 말이다.

"선생님, 정말 기회가 생기길 기다리는 방법밖에는 없는 걸까요?"

"현재 시점에서 우리한테 필요한 건 두 가지야. 결정적인 증거, 그리고 적절한 시기. 그때가 분명히 올 거야. 다만, 아주 신중

해야 해."

나는 고개를 끄덕였다. 미로 쌤의 말에 어쩐지 신뢰가 갔다. 얼마 전까지 무서운 선생님으로만 보였는데, 이제는 같은 팀이 되었다.

산책을 하다 보니 우렁이와의 아지트 쪽으로 걷고 있었다. 우렁이가 사라졌던 때보다 낙엽이 더 많이 쌓였다. 낙엽 위에 누워 하늘을 보았던 게 떠올랐다.

"멋지다, 그치?"

미로 쌤이 말했다.

"파란 나라만큼 멋진 곳은 없다고들 하지. 여길 보니까 그 말이 맞는 것 같구나."

"이쪽에 우렁이와 저의 아지트가 있어요. 여기에서 암호가 새겨진 바위를 발견했거든요."

암호라고 말하는 순간 미로 쌤이 만들었다던 암호가 떠올랐다.

"선생님, 저랑 어디 좀 같이 가요!"

나는 바위 쪽으로 달렸다. 미로 쌤도 덩달아 달리기 시작했다. 바위는 낙엽에 가려져 있었다. 낙엽을 파헤치자 바위에 새겨진 문양이 드러났다.

"선생님, 혹시 이거 무슨 뜻인지 아세요?"

"응. 내가 쓴 것 같아. 친구랑 만들었던 암호야. 여기 네모가 ㅁ이고. 십자가처럼 생긴 게 ㅇ이란다."

"뭐라고 써 있는 거예요?"

미로 쌤은 바위의 무늬를 한참이나 보더니 말했다.

"'엄…마를… 믿…지… 마…' 그렇게 써 있구나."

파란 나라의 비밀

두 번째 꿈 프로젝트 상담이 있었다. 유진 쌤은 집에서 구웠다며 초코 쿠키를 건넸다.

"프로젝트 생각해 봤니?"

"네, 일단 경찰 쪽으로 바꿔 보려고 해요. 탐정이나 경찰이나 남을 돕는 건 똑같으니까요."

"그럼 이제 고민할 게 없겠구나."

유진 쌤의 격려를 받으며 상담실에서 나왔다.

꿈 프로젝트를 시작한 건 사실이었다. 다만 프로젝트 내용은 비밀로 하기로 했다.

내 꿈은 변함없이 탐정이었다. 그동안 잊고 있었다. 탐정은 누구보다 은밀하게, 보이지 않는 곳에서 활동한다는 사실을 말이다.

내가 시작한 꿈 프로젝트는 이랬다. 작고 견고하지만, 눈에는 잘 띄지 않을 것 같은 나무 상자를 지하 창고에서 하나 찾아냈다. 거기에 흰색 페인트를 칠하고 자물쇠를 채웠다. 아이들이 가장 많이 지나다니지만, 아무도 주의 깊게 볼 일은 없는 신발장 옆의 빈 곳에 그걸 놓았다. 상자의 겉면에는 아무런 표시도 하지 않았다. 상자는 청소함처럼 보이기도 하고, 아무것도 아닌 것처럼 보이기도 했다. 애초에 눈에 띄지 않을 가능성이 컸다.

아이들에게 상자의 존재를 알려 주는 게 관건이었다. 어떻게 하면 자연스럽게 정보를 흘릴까 하다가 생각난 게 '숙제 박스'였다. 숙제가 있는 날, 아이들은 교실에 놓인 박스에 숙제를 제출했다. 그러면 반장인 세림이가 마지막에 박스를 선생님에게 전달했다.

내 아이디어는 숙제 박스 안쪽 면에 이런 메시지를 붙이는 것이었다.

파란 나라에서 발견한 신기한 일들을 탐정에게 알려 주세요
* 신발장 옆 흰 상자에 쪽지를 넣기 바람
* 익명 제보 가능
★비밀 보장★

선생님들에게 들키지 않기 위해 마지막 순간에 세림이가 쪽

지를 떼어 내야 했다. 다만, 세림이가 돕겠다고 할지가 걱정이었다.

세림이가 혼자 있는 틈을 타서 나는 사정을 털어놓았다. 가만히 내 얘기를 듣던 세림이가 물었다.

"근데 네 꿈, 목록에 있어?"

"'기타'야. 이것도 엄연한 꿈 프로젝트야. 탐정의 꿈 프로젝트. 도와줄 거야?"

"생각해 볼게."

세림이는 엄마와 쇼핑을 가기로 했다며 달려갔다.

다음 날, 우주가 학교에 오지 않았다. 우주 엄마가 우주가 심한 감기에 걸렸다고 전화를 했지만 미로 쌤은 믿지 않는 눈치였다. 미로 쌤이 우주네 집에 가려고 교실을 나섰을 때 우주가 나타났다. 얼굴에 멍이 뚜렷하게 보였다. 얼굴에 멍이 든 건 처음 봤다.

미로 쌤은 우주에게 달려갔다. 그리고 우주의 옷소매를 걷었다. 오른쪽 팔에도 멍 자국이 보였다.

"도망 나왔어요. 너무 무서워서요."

"잘했어. 정말 잘했다."

미로 쌤이 우주를 꽉 안았다.

"어제 아빠가 화가 많이 났어요. 장롱에 숨었는데 아빠가 문을 열고 나를 때리기 시작했어요. 나 때문에 인생이 망가졌다고 했어요. 나 때문에 모든 걸 잃어버렸다고…."

우주는 제대로 서 있지도 못했다.

"오늘은 선생님하고 같이 있자. 선생님이 집에 전화를 해 줄게."

미로 쌤의 말에 우주는 고개를 저었다.

"아니면 우리 집에 가자. 너희 집으로 가는 건 말이 안 돼."

나도 모르게 소리 지르듯 말했다. 하지만 우주는 또 고개를 저었다.

"아니야. 그러면 나중에 더 힘들어질 거야."

우주는 고개를 숙였다. 눈물이 바닥으로 떨어졌다. 우주의 말에 미로 쌤이 참지 못하고 소리를 질렀다.

"빌어먹을 마을이야! 아이가 이렇게 되었는데, 아무도, 아무것도 하지 않아!"

미로 쌤은 교실 서랍에서 약을 꺼내 왔다. 떨리는 손으로 우주의 팔에 약을 발랐다.

"이미 발랐어요."

"자주 발라야 해."

"그냥 오래오래 갔으면 좋겠어요. 자국이 남아 있는 동안에는 그래도 좀 잘해 줘요."

우주는 한참을 울더니 정말로 다시 집으로 향했다. 집에서 도망쳐 나왔는데도, 다시 자기 발로 들어가야 한다는 게 이해가 되지 않았다. 선생님이 아빠를 만나면 더 힘들어질 거라고 해서 내가 데려다주기로 했다. 나는 계속 우주를 설득하려고 했다.

"그냥 우리 집에 가면 안 될까?"

"차라리 일찍 가는 게 나아. 적당한 데 숨어 있는 게 좋아."

"대체 무슨 일이 있었던 거야?"

나는 조심스럽게 물었다.

"아빠는 가끔 화를 내. 그리고 나를 때려. 엄마는 아빠를 막으려고 하지만 역부족이야. 다 끝나면 엄마가 와서 나를 안아 주지. '이제는 안전해'라고 말하면서."

"도망가 본 적은 있어?"

"예전에는 도망가려고 했어. 기차역에 가 보려고 한 적도 있어. 서쪽 숲에서 운행하는 기차가 토요일마다 온다는 소문을 들었거든."

기차가 언제 오는지 정확하지는 않지만 아이들 사이에서는 토요일 아침이라는 근거 없는 소문이 돌았다. 물론 직접 가 본 아이는 없었다.

"하지만 거긴 걸어가기엔 너무 멀잖아."

"보늬를 타고 갔지. 표정이 아주 순한 녀석이 있기에 몰래 봐 둔 엄마의 전용 번호를 입력했더니 정말 움직이는 거야. 기차역까지 가지는 못했어. 뱀숲에 들어가자마자 그 녀석이 힘을 잃었거든. 보늬 번호를 외워 뒀다가 나중에 찾아봤는데 사고를 내서 폐기되었다고 하더라. 너한테 돌진한 그 녀석일지도 모르겠어. 미안해."

나는 엄마가 보늬를 불신하게 된 그 사고를 떠올렸다. 그게 우주의 탈출과 관련이 있을지도 모른다는 건 신기한 일이었다.

"그리고 집으로 돌아와서 일주일 동안 학교에 못 갔지. 아빠를 화나게 했으니까. 그 뒤로 다시는 그런 모험은 하지 않아."

우주는 겨우 울음을 참고 있는 내 얼굴을 보더니 오히려 웃어 보이기까지 했다.

"선생님하고 어떻게 가까워졌는지 궁금하지 않아?"

"궁금해. 엄청."

"선생님이 가장 빨리 아셨어. 우리 아빠가 나한테 하는 일들 말이야. 그래서 주기적으로 나를 불러서 물어보셨어. 방과 후 수업도 선생님이 나를 지켜보려고 만든 거야."

"나도 네 몸의 무늬를 알고 있었어."

"무늬? 멍든 걸 그렇게 말하는 건 처음 들어 보네."

우주가 피식 웃었다.

"선생님이 우리 엄마 아빠를 직접 만나겠다고 했어. 실제로 그렇게 하신 적도 있었어. 하지만 그런다고 아빠가 달라지는 건 아니었어. 그래서 내가 모른 척해 달라고 했어. 아빠가 오면 나는 집에 숨어. 어떻게 그렇게 잘 숨어 있냐고 네가 물었지? 이제 설명이 되었니?"

위원회에 잠입했을 때 우주가 고양이처럼 움직여 숨는 걸 보고 감탄한 기억이 났다.

"선생님은 나를 파란 나라 밖으로 보내 주고 싶어 하셔. 부모님과 함께 살지 않는 아이를 본 적이 있대. 후견인과 사는 아이도 있대."

"후견인이 뭐야?"

"부모는 아니지만 부모 역할을 하는 사람들이야. 선생님이 교사 과정을 밟을 때, 다양한 마을에서 온 사람들이 있었대. 다른 마을로 갈 수 있다면 선생님이 내 후견인이 되어 주겠다고 했어."

"그게 가능은 해?"

"모르겠어. 일단 내가 반대했어. 선생님은 파란 나라를 사랑하니까. 나 때문에 여길 떠나시게 할 수는 없잖아."

"그럼 방법이 없잖아."

"그래서 선생님이 파란 나라를 떠난, 그러니까 전학 간 아이들 행방을 조사하기 시작했어. 그러다가 파란 나라를 떠난 사람들에 대한 자료가 전부 삭제되어서 전혀 남지 않은 게 이상하다는 생각이 든 거야."

"파란 나라를 의심하기 시작한 거구나."

"그래. 그렇게 우리 모임이 시작된 거야."

나는 무거워진 분위기를 띄우려고 딴 걸 물었다.

"그래서 내가 부모님한테 물어본다고 할 때 네가 그렇게 화를 냈구나?"

우주는 멍든 얼굴로 나를 보았다.

"사실 네가 부러워서 그랬어. 넌 엄마 아빠를 믿는다는 뜻이니까."

우주의 집이 보였다. 저 안으로 우주가 들어가도록 내버려 두고 싶지 않았다.

"정말 괜찮겠어?"

"괜찮아. 이제 예전만큼 두렵지 않아. 난 계획이 있으니까."

"파란 나라를 떠난다는 계획?"

"응. 딱 한 번 미로 쌤이 나를 재워 주신 적이 있어. 그날 밤, 내가 잠들 때까지 속삭여 주셨어. 날 도와주겠다고, 끝까지 같이 있겠다고 하셨어. 그 뒤로 나는 견딜 수 있게 되었어. 파란 나라가 어떤 곳인지 알아내고 말 거야."

"전우주. 너야말로 진정한 탐정이네."

나는 진심으로 말했다. 하지만 우주는 고개를 저었다.

"난 파란 나라에는 관심 없어. 여기서 탈출하고 싶을 뿐이야. 나는 여기를 떠나고 말 거야. 그게 유일한 목표야."

우주는 집을 노려보듯이 보면서 말했다.

"그러니까 아무리 너라도, 날 방해하면 가만있지 않을 거야."

우주는 나에게 작게 손을 흔들었다. 집을 향해 걸어가는 우주의 뒷모습을 보았다. 어떤 표정을 짓고 있는 걸까. 언제부턴가 나는 우주의 뒷모습을 많이 보게 된 것 같았다.

탐정 상자를 설치한 뒤 일주일, 대여섯 건의 의뢰가 들어왔다. 세림이가 도와주기로 마음먹은 덕분이었다. 얼마 전 하굣길에 세림이가 말했다.

"상자 한번 봐 봐. 뭔가 있을지도 몰라."

고마워하는 나에게 세림이가 지나가는 말로 말했다.

"사실 내 꿈도 '기타'였어."

"네 꿈이 '기타'라고?"

세림이가 고개를 끄덕였다.

"선생님은 엄마가 권한 꿈이야. 내 꿈은 원래 다이빙 선수였어. 도서관에서 다이빙 선수가 나오는 책을 봤거든. 파란 나라에 깊은 수영장이 없어서 포기했지만 말이야."

나는 세림이에게 고맙다고 외치며 상자로 달려갔다. 정말 쪽지가 몇 개 들어 있었다. 대부분은 장난이거나 물건을 찾아 달라는 사소한 요청이었다. 하지만 눈여겨볼 만한 것도 있었다. 그중에는 이런 의뢰가 있었다.

얼마 전에 이상한 일이 있었어.

사실, 지난 마을 위원회 때 강당에 있는 블록 장난감 몇 개를 주머니에 넣어 가지고 왔어. 그러면 안 되는 거지만 집에 있는 블록에 딱 몇 개만 추가하고 싶었거든. 그런데 다음 날 아침에 보니 바지에 있던 블록이 사라졌어. 분명 바지는 벗어 둔 그대로였는데 말이야.

어떤 쪽지는 검은색 펜으로 네모반듯하게 썼는데 자신의 글씨체가 드러나지 않게 노력한 티가 났다.

탐정에게.

내 오랜 비밀을 알려 줄게. 지금부터 2년 전쯤에 있었던 일이야.

엄마가 손톱을 자르라고 한 걸 며칠 동안 까먹은 적이 있어. 손톱이 더 자라 버렸지. 그날도 엄마가 손톱깎이를 주면서 손톱을 자르라고 했어. 하지만 그날 난 퍼즐을 하다가 그대로 잠들었어.

그런데 일어나 보니까 손톱이 아주 단정하게 다듬어져 있었어.

자는 동안 엄마가 손톱을 잘라 준 걸까. 손톱깎이는 침대 옆 그 자리에 그대로 있었어.

그다음에 나는 다시 손톱을 길렀지. 엄마가 밤에 또 손톱을 다듬어 주길 기다리면서.

하지만 엄마는 저번처럼 스스로 손톱을 잘라야 한다고 하셨어. 그리고 손톱을 아주 길게 기른 어느 날, 자고 일어나 보니까 손톱이 다시 다듬어져 있었어.

나는 이 얘기를 아무한테도 하지 않고 비밀로 간직해 왔어. 네가 조사해 줄 수 있니?

또 이런 쪽지도 있었다.

뱀숲에 있는 표지판 말이야. 좀 이상하지 않아?
한번은 친구들이랑 뱀숲에서 달리기 시합을 했어. 친구가 5-9 깃발을 뽑아 왔어. 진 사람이 깃발을 다시 꽂아 두고 오는 게 벌칙이어서 내가 곧장 출발했어.
그런데 5-9 깃발이 그대로 꽂혀 있었어. 마치 아무 일도 없었던 것처럼 말이야.

깃발을 다시 꽂으러 가는 아이는 거의 없었다. 뽑힌 깃발은 그냥 숲의 아무 데로나 던져졌다. 다시 달리기 시합을 할 때 깃발은 늘 제자리에 있었기 때문에 아무도 신경 쓰지 않았다.

쪽지를 보다가 깨달았다. 파란 나라의 이상한 점은 미로 쌤과 우주, 나만 눈치챈 게 아니라는 것이었다. 방과 후 수업 때 의뢰 내용을 공유했다. 둘은 놀라운 일도 아니라는 반응이었다. 부모님들이 우리를 '설정'할 수 있으니 이런 오류도 충분히 생길 수 있다는 게 미로 쌤의 생각이었다.

"'설정'이 완벽하지 않다는 뜻이네요?"

그사이 얼굴의 멍이 옅어진 우주가 말했다. 미로 쌤이 고개를 끄덕였다. 위원회 때 아빠가 한 말이 떠올랐다. '오류를 바로잡는 게 만만치 않다'고 분명 아빠가 말했었다.

갑자기 교실 문이 열렸다. 교장 선생님이었다. 우주와 나는 교장 선생님에게 인사를 했다. 미로 쌤도 교장 선생님한테 고개를 숙여 인사했다. 엄마와 딸인데도, 다른 선생님들이 하는 것과 다를 바가 없었다. 교장 선생님이 말했다.

"방해하려던 건 아니에요. 그저 수업하는 걸 잠깐 보고 싶어서 왔어요."

교장 선생님이 나와 우주에게 다가왔다.

"무슨 수업을 하고 있었지?"

우리는 서로 눈치를 보다가 동시에 다른 대답을 하고 말았다.

"도형이요!"

"좌표요!"

도형이라고 대답한 건 나였고, 좌표라고 답한 건 우주였다.

"둘 다 맞아."

뒤에 물러나 있던 미로 쌤이 나서며 말했다.

"좌표 위에 있는 도형의 넓이를 구하는 거니까."

미로 쌤은 자연스럽게 칠판 쪽으로 걸어갔다. 그리고 갑작스러운 상황에 대비해 적어 놓았던 문제 앞에 섰다.

"자, 그럼 빗금 친 부분의 넓이를 구해 볼까?"

교장 선생님이 우리에게 다가왔다. 혹시 마을 위원회 때의 일을 알아차리고 추궁하려는 게 아닌지 괜히 뜨끔했다.

나는 교장 선생님의 주름이 가득한 얼굴을 보았다. 거기에서 미로 쌤과 닮은 부분을 보았다. 미로 쌤이 나이가 많이 들면 교장 선생님처럼 될 것 같았다.

교장 선생님이 의외의 질문을 했다.

"너희는 왜 이 수업을 선택했니?"

나는 무난한 대답을 내놓으려고 머리를 굴렸다.

"수학이 재미있어서요."

기어드는 소리로 말했다. 그렇게 말해야 할 것 같았다.

"그렇구나. 수학의 어떤 점이 재미있지?"

"그러니까, 수학은 정확하니까요! 답이 분명해서 좋아요."

나는 언젠가 미로 쌤이 했던 말을 흉내 냈다. 교장 선생님은 고개를 끄덕였다. 이번에는 교장 선생님의 눈빛이 우주를 향했다.

"저는 미로 쌤이 좋아요. 그래서 듣는 거예요."

"그래?"

우주의 말에 교장 선생님은 방에 들어와서 처음으로 웃었다. 내가 처음으로 본 교장 선생님의 미소이기도 했다.

"미로 쌤도 너 같은 제자를 둬서 기쁘겠구나."

교장 선생님은 이상할 정도로 우리 얼굴을 빤히 바라보았다. 그 순간이 못 견디게 길게 느껴졌다.

"교장 선생님, 편찮으시다고 들었어요. 괜찮으세요?"

나는 침묵을 메꾸려고 말했다. 교장 선생님이 옅은 미소를 지었다.

"괜찮고말고."

교장 선생님이 웃자 얼굴의 주름이 깊어졌다. 교장 선생님의 얼굴을 이렇게 자세히 보는 건 처음이라는 생각이 들었다. 교장 선생님이 내 눈을 보면서 다시 말했다.

"나는 늙을 만큼 늙어서 이제는 조금씩밖에 늙지 않는단다. 하지만 너희는 하루가 다르게 쑥쑥 자라날 테지."

교장 선생님은 손가방에서 간식 꾸러미를 꺼내 우리에게 하나씩 건넸다.

"수학이라는 세계에 빠져든 두 친구에게 주는 작은 선물이란다. 수업 잘 들으렴."

수업이 끝나고 교장 선생님에게 받은 간식을 먹으며 집으로 갔다. 우주는 이제 집에 갈 때 내가 따라가는 걸 자연스럽게 여기는 듯했다. 팀이 되고 나서 나의 하굣길은 조금 길어졌다. 우주의 집 쪽으로 걷다가 도서관 앞길을 지나 집으로 갔다.

"교장 선생님은 왜 그런 걸 물어보셨을까?"

우주도 의문이기는 마찬가지인 모양이었다. 교장 선생님은 아이들 앞에 모습을 잘 드러내지 않았다. 교장 선생님과 이야기를 나눠 본 아이도 별로 없을 것이다. 나에게는 마을 위원회를 엿봤을 때 본 교장 선생님의 모습만 강하게 남아 있다.

"전우주, 넌 왜 그렇게 대답했어? 미로 쌤이 좋아서 들은 거라고."

우주는 대답했다.

"진심이니까. 나 미로 쌤이 좋아."

그리고, 하고 우주가 덧붙였다.

"부모님들은 자식 칭찬에는 약한 법이거든."

우주의 대답에 감탄했다. 아무리 생각해 봐도 전우주와 같은 팀이 된 건 행운이었다.

며칠 뒤 방과 후 수업에서 미로 쌤이 새로운 소식을 전해 주었다.

"특별 위원회가 열릴 거야."

"그게 뭐예요?"

내가 물었다. 특별 위원회는 들어 본 적이 없었다. 저번 위원회를 한 지 3주밖에 지나지 않았다.

미로 쌤이 특별 위원회에 대해 설명했다.

"특별 위원회는 급하게 결정할 일이 있을 때 열리는 거라고 알고 있어. 확실하게 말할 수 있는 건 특별 위원회가 있고 난 다음에는 항상 온새미로에 중요한 변화가 생겨났다는 거야. 누군가 새로 온다든지, 아니면 떠난다든지, 건물이 만들어진다든지 하는 것들 말이야."

어쩌면 중요한 기회가 될지도 모른다는 생각이 들었다. 미로 쌤은 비장해 보였다.

"그리고 선생님도 중요한 결정을 하나 하려고 해."

미로 쌤이 우주의 얼굴을 보면서 말했다.

"나도 더 이상 미룰 수는 없다는 생각이 드는구나. 그동안 모은 자료의 일부를 보고서로 만들었어. 그걸 들고 교장 선생님한테 갈 거야."

"설마 다른 학교로 옮기시려는 건 아니죠?"

우주가 다급하게 물었다.

"그럴지도 모르지."

미로 쌤은 별일 아니라는 듯이 웃어 보였다.

"만약 가능하다면, 전출을 요청할 수도 있단다."

"하지만 선생님은 파란 나라를 사랑하시잖아요!"

우주가 거의 울 듯한 목소리로 말했다. 미로 쌤은 고개를 저었다.

"사랑했었지. 하지만 도무지 바뀌지 않는 이곳에 선생님도 지치는구나. 법을 바꾸려고 해도 난 의결권조차 없어. 뭔가 바꾸려면 위원회에 참석해야 하는데 오로지 부모님들만 참석할 수 있으니까."

미로 쌤은 확신에 가득 찬 얼굴이었다.

"파란 나라는 그런 곳이란다. 부모님 위주로 굴러가는 곳이야. 이제 다른 마을에서 살아 보는 것도 좋을 것 같아."

오랜만에 도서관에 갔다. 다른 나라가 나오는 책을 찾아보고 싶었다. 소은 쌤이 나를 보고 오랜만이라며 반가워했다. 문득, 우주가 도서관을 자주 찾은 이유를 알 것 같았다. 어른의 도움을 받지 않고 다른 나라에 관한 정보를 찾을 수 있는 곳은 도서관이 유일했다.

도서관에는 파란 나라 밖의 마을에 대한 백과사전이 있었다. 여러 마을에 관한 정보를 지형, 식생, 기후 등으로 나눠 설명하는데, 어찌나 재미없는지 그걸 끝까지 읽은 사람은 우주 말고는 없을 것 같았다. 어떤 마을은 바다로 둘러싸여 있고, 어떤 마을은 산이 마을 면적의 70퍼센트가 넘었다. 인구나 성비도 나와 있었다. 하지만 그것만으로는 부족했다. 우리가 다른 마을에 어떻게 갈 수 있는지 알려 주는 책은 없었다. 그곳 사람들은 어떻게 가족을 이루고, 무엇을 하며 하루를 보내는지 만나 보기 전까지는 알 수 없었다. 부족한 부분은 상상으로 메웠다. 산이 많은 마을에 사는 아이들은 산을 뛰어서 오를 것이다. 바다 근처에 사는 아이들은 숨을 쉬지 않고 오래 잠수할 수 있을 것이다.

나는 내가 자주 앉던 자리에 앉아서 생각에 잠겼다. 소은 쌤이 나에게 다가왔다.

"찾는 책이 있니? 내가 도와줄 수 있는데."

"아니에요. 그냥 둘러봤어요."

소은 쌤이 자리를 떠나려고 할 때 나는 소은 쌤에게 질문을 던졌다.

"선생님, 혹시 꿈이 바뀐 적 있어요?"

"아니, 난 한결같이 사서였어."

"왜 사서가 되겠다고 결심하셨어요?"

"책을 읽으면 꼭 다른 나라에 가는 것 같잖아."

소은 쌤은 옆에 있는 책을 한 권 아무거나 골라서 뺐다.

"책을 읽으면 꼭 멀리 가지 않아도 괜찮거든. 한 권 한 권이 모두 하나의 세상이니까."

"선생님은 어느 나라에 가 보고 싶으세요? 만약 진짜 여행을 간다면요."

"난 다른 데는 가고 싶지 않단다. 파란 나라만큼 좋은 곳이 어디 있겠니."

소은 쌤이 파란 나라에 오기 전 이야기를 해 주었다. 처음 듣는 이야기였다.

"내가 전에 살던 곳은 책이 거의 없는 곳이었어. 대다수는 평생 책을 한 권도 볼 수 없었어. 정말 운 좋게 학교 선생님이 가진 책을 빌려 주셨어. 도서관에 사는 소녀에 관한 이야기였는데, 그 책의 마지막 장을 넘길 때 기분이 아직도 기억나. 이야기가 영원히 끝나지 않기를 바랐거든. 이 도서관에 왔을 때 난 그 소녀가 된 기분이었어. 그건 기대조차 하지 못한 행운이었단다."

나는 별다른 소득 없이 도서관에서 나왔다. 다른 마을에 대한 정보가 부족했다. 갈 수 없는 곳도 아니고 엄마 아빠도 다른 마을로 일하러 가고는 했다. 나도 파란 나라에서 태어난 것은 아니었다. 어릴 때 분명 다른 마을에서 살았다는 뜻이다. 하지만 그때의 기억은 흐릿하고 조각나 있었다.

단 한 가지 장면은 선명했다. 기억 속 내 눈에 보이는 건 바쁘게 움직이는 사람들의 다리와 움직이는 차들뿐이었다. 소리가 머리 위에서 웅웅거렸다. 내가 지금보다 더 작았던 탓일 거다. 아빠 말대로, 그곳에선 도로와 차가 중요했던 모양이다.

그게 실제 기억인지도 헷갈렸다. 가끔 그 장면이 꿈에 나온다는 걸, 부모님께는 한 번도 말한 적이 없었다.

특별 위원회

특별 위원회 날, 우리는 한 번 더 회의 장소에 몰래 들어가기로 했다. 그날도 삼단 케이크가 준비되었고, 아이들이 자기 몫의 케이크를 받고 있을 때 우주와 나는 강당 밖으로 나왔다. 가는 길에 나뭇가지에 앉은 파랑새를 보았다.

"저기!"

내가 파랑새를 가리켰다. 우주가 나를 보더니 '쉿!' 하고 손가락을 입술에 가져다 대며 인상을 썼다. 건물에 거의 도착했을 때 우주가 속삭였다.

"한 명이 들키면 도망가는 거야. 무조건 한 명은 살아남아야 해."

우주는 어느 때보다도 긴장한 것처럼 보였다. 우리는 소리가 나지 않게 조심하면서 사다리를 올랐다. 나무 계단에서 소리가 나지 않도록 미끄러지듯 내려갔다. 우주가 나보다 두 칸 아래에 쪼그려 앉았다. 저번처럼 주름이 많은 커튼이 펼쳐져 있었다. 손으로 더듬거리며 구멍을 찾아내 눈을 댔다. 한 번 해 봤다고 전보다 익숙했다.

"이제 다 도착하셨죠? 시작하겠습니다."

교장 선생님의 말에 우리가 늦지 않게 도착했다는 걸 알 수 있었다. 오늘은 우주의 부모님도 제시간에 앉아 있었다.

"오늘 중요한 발표를 하려고 합니다. 예상하셨겠지만, 이제 제가 마을 위원장에서 내려오려고 합니다."

이거였구나. 그제야 교장 선생님이 힘겹게 숨을 몰아쉬며 이 야기를 이어 나가고 있다는 걸 깨달았다.

"제가 몸이 아프다는 건 여러분 모두 알고 있었을 것입니다. 최근의 잦은 출장도 사실은 병원 치료를 위한 것이었죠. 더 이상 은 이 마을에 머물 수 없을 것 같습니다."

교장 선생님의 목소리는 차분했지만, 얼굴은 어딘지 슬퍼 보였다. 이 사실을 미로 쌤이 알고 있는지 궁금해졌다.

"전 늙었어요. 솔직히 힘에 부칩니다. 이제 치료에 전념하고 다음 세대에 온새미로를 이끌어 나갈 운영자를 정하려고 해요. 대강 예상하고 계시겠지만 다음 운영자는 바로 파랑이 부모님입 니다."

엄마와 아빠가 위원장이 된다는 사실에 놀랐다. 두 분은 예상했다는 듯 차분한 얼굴이었다. 사람들이 박수를 쳤다. 교장 선생님이 말했다.

"온새미로를 만들 때 제 곁에는 사람들이 별로 없었습니다. 이곳에 대한 이해도 적었고, 오류도 많았어요. 하지만 이제 그렇지 않습니다. 정말 아름다운 마을이 되었죠. 두 분이 중차대한 업무를 맡아 애써 주었습니다. 이분들이야말로 이 마을의 정신을 이어 나갈 적임자라고 생각합니다."

교장 선생님의 숨소리가 다시금 불안정해졌다. 겨우 숨을 고른 교장 선생님이 말을 이어 나갔다.

"저는 언제나 생각합니다. 만약 우리 아이들에게 최상의 환경이 주어졌더라면 어떤 아이들로 성장했을까. 최대한 그 환경을 만들어 주려고 합니다. 우리는 로봇을 키우는 게 아닙니다. 기계도 아니지요. 우리 아이들은 다시 태어난 아이들입니다. 그러니까 부디 사랑으로 계속 키워 나가세요."

누군가 울기 시작했다. 그러자 그 울음소리가 번져 나갔다. 교장 선생님은 자리에서 일어났다.

"마지막으로 할 말이 있습니다. 떠나기 전에, 모두 앞에서 공표하겠습니다. 제 권한 중에 시민 자격 박탈권이 있다는 건 모두 알고 계시겠지요. 위원장 자리를 내려놓기 전에 마지막으로 이 권한을 행사해 볼까 합니다."

갑자기 분위기가 얼어붙었다. 이번에는 대체 무슨 말이 나오려는 걸까. 나는 침을 꼴깍 삼켰다.

"우주 부모님, 위원장의 권한으로 두 분의 권한을 박탈합니다."

나는 소리를 지를 뻔했다. 우주를 흘깃 보았지만 미동도 없어 보였다.

"안 돼요! 말도 안 돼요!"

우주의 엄마가 벌떡 일어났다.

"우주 아버님, 그동안 당신이 우주를 학대했다는 신고는 수도 없이 많았어요. 내 딸인 안미로 선생이 작성한 보고서에 따르면 증거는 충분합니다. 당신은 온새미로에 있을 자격도, 우주의 부모가 될 자격도 없습니다. 제 권한으로, 우주 부모님의 시민권을 박탈하고 이곳에서 추방하겠습니다."

교장 선생님은 흔들림 없이 말했다. 조금 전까지 아파 보이던 모습은 온데간데없었다. 우주 엄마가 교장 선생님의 소매를 붙잡았다.

"위원장님, 안 돼요! 정 그러시면 저 사람만 추방하세요. 우주는 제가 키울게요. 제발요."

교장 선생님은 고개를 저었다.

"그동안 우주 어머니를 봐서 참았어요. 하지만 당신에게는 자식을 지킬 만한 힘은 없는 것 같더군요. 당신들의 갈등은 다른 세상에서 해결하도록 하시죠."

우주 아빠는 벌을 받는 아이처럼 고개만 숙이고 있었다. 오늘은 술을 안 마셨는지 저번과는 사뭇 달랐다. 우주 엄마만 악을 쓰며 소리 질렀다.

"안 돼요! 한 번만 봐주세요, 제발요! 우주를 삭제하지 마세요! 우주를 이렇게 잃을 수는 없어요! 당신 무슨 말이라도 좀 해 봐!"

우주 아빠를 향해 우주 엄마가 소리를 질렀다. 우주가 삭제될 수도 있다는 충격도 잠시, 우주 엄마의 말에 나는 당황했다. '삭제'되면 우주를 잃는다는 뜻인가. 생각이 정리되기도 전에 우주 아빠가 자리에서 천천히 일어났다.

"위원장님이 떠나라면 떠나야겠죠. 근데 마지막 항변을 할 기회는 주는 겁니까?"

우주 아빠는 교장 선생님한테 다가갔다.

"제가 물의를 일으켰던 건 인정합니다. 하지만 어차피 전 이 곳이 오래가지 않을 거라고 생각해 왔습니다. 가짜 세계를 만들고 진짜인 척하는 것보다 가짜인 걸 인정하는 게 낫지 않나요?"

"말조심해요!"

누군가 따지듯 말했다. 우주 아빠는 교장 선생님 앞에 쌓인 종이를 툭툭 치며 말했다.

"어차피 당신 딸도 가짜 아닌가?"

우주 아빠는 피식 웃더니, 다른 어른들을 향해 말했다.

"당신들도 조심해. 언제 나 같은 처지가 될지 모르니까 말이야."

교장 선생님은 숨을 고르고는 선언문을 읽듯이 말했다.

"두 시간 뒤, 자정에 두 분은 자격을 상실할 겁니다. 우주한테 늦지 않게 작별 인사를 하세요. 마지막이라도, 그 아이한테 따뜻하게 대해 주길 바랍니다."

우주 엄마가 다시 달려들어 교장 선생님을 밀쳤다. 사람들이 우주 엄마를 붙잡았다. 우주 엄마가 외쳤다.

"그 아이를 생각하는 척하지 마! 우주를 없애려고 하는 주제에! 그래 이 빌어먹을 마을! 당신들은 다를 줄 알아? 이제 아이들한테 사춘기가 찾아오겠지. 설정된 대로라면 말이야. 그땐 어떻게 할 거지? 아이를 반항하게 만들고, 그리고 독립시킬 건가? 애들끼리 결혼도 시키고 손주도 보고, 그럼 육아 놀이는 끝나는 건가? 언젠가 당신들도 이 마을에서 추방될 거야."

교장 선생님은 우주 엄마의 공격에 무너졌던 자세를 다잡았다.

"내 실수였습니다. 당신들이 사회적으로 명망이 있는 사람들이기에 쉽게 믿었죠. 우주는 예전에도, 지금도 고통 속에서 살아온 아이였습니다. 뒤늦게 온새미로에 오기 전 당신들에 대한 조사를 했어요. 그때도 우주를 학대한 정황이 있더군요. 우주의 멍자국을 본 사람들이 신고를 했지만 모두 묻혔어요. 당신은 부자고, 유명한 학자였으니까요. 당신은 부모가 되면 안 되는 사람이었어요. 그러니까 나는 내 실수를 바로잡는 겁니다. 부모가 될 자격이 없는 사람들에게 자격을 부여한 실수를."

우주 아빠는 허공에 소리 지르듯 말하기 시작했다.

"결국 이렇게 되는군. 차라리 잘됐어. 이딴 마을에 오는 게 아니었어."

"삭제될 때까지 모든 이동은 기록됩니다. 허튼짓은 하지 않는 게 좋을 겁니다."

그때 우주가 내 옆에서 움직이는 게 느껴졌다. 나도 같이 자리를 뜨려고 마음의 준비를 했다. 하지만 다음 순간 쿵, 하는 소리가 들렸다. 내 옆에 있던 우주가 계단 아래로 미끄러져 떨어져 있었다. 커튼 밖으로 나가 버린 것이다. 누군가의 비명이 들려왔다. 우주와 눈이 마주쳤을 때, 나도 모르게 몸이 앞으로 나갈 뻔했다. 하지만 우주는 고개를 저었다. 짧은 순간, 여기 들어오기 전 우주가 한 말이 떠올랐다.

'한 명이 들키면 도망가는 거야. 무조건 한 명은 살아남아야 해.'

미리 이야기를 나눈 대로라면 나는 도망가야 했다. 하지만 나는 계획대로 하지 못했다.

탈출

그 뒤로 일어난 일을 떠올려 보면 이랬다.

나는 소리를 크게 내지 않으려고 애쓰면서 우주의 팔을 잡고 온 힘을 다해 끌어올려 2층 방으로 향했다.

"우주야!"

우주를 찾아 어른들이 올라오는 소리에 서둘러 2층 문을 잠갔다.

"전우주! 정신 차려!"

내가 외치는 소리에 우주도 움직이기 시작했다. 우리는 정신 없이 사다리를 내려갔다. 내려오자마자 우주와 나는 숲을 향해 뛰었다. 미리 계획한 것도 아닌데 우리는 본능적으로 알았다. 서쪽 숲으로 가야 했다. 숲의 끝, 마을의 경계로 가야 했다.

달리면서도 머릿속은 쉬지 않았다. 이제 우주는 어떻게 되는 건지 알 수 없었다. 다른 마을로 보내지는지, 부모님과는 영영 헤어지는 건지 아는 바가 없었다. 하지만 일단은 도망쳐야 했다. 본능이 그래야 한다고 알려 주었다.

우주가 물건을 싣고 가는 보늬를 가로챘다.

'다른 보늬를 이용해 주세요.'

메시지를 무시하고 서쪽 숲으로 목적지를 설정했다. 우주가 외쳤다.

"기차역으로 가야 해."

"기차역이 서쪽 숲에 있는 거 확실해?"

"나도 몰라. 선생님의 암호를 믿어 보는 거야."

나 역시 다른 보늬를 구했다. 서쪽 숲의 금지 구역에 도달할 때 즈음, 보늬가 시위라도 하듯이 멈춰 버렸다. 보늬의 계기판에 나타나던 표정도 사라졌다. 우리는 보늬를 버리고 숲을 달리기 시작했다.

"해가 지기 전에 최대한 많이 가야 해."

내 말에 우주가 고개를 끄덕였다. 우리는 달리고 달렸다. 어디에 있는지도 모를 파란 나라의 경계를 향해서 달렸다.

바람이 세차게 불기 시작했다. 이 날씨조차 우리를 막으려는 설정처럼 느껴졌다. 발밑에 마치 뱀이 지나가는 것 같은 소리가 들려왔다. 그럴 때면 우리는 무조건 달렸다. 반복되는 숲, 사라졌다가 다시 나타나는 길. 풀숲의 이슬을 느끼며 쉬지 않고 뛰고 걸었다.

아이들 사이의 비공식 기록인 3-50을 넘어 3-60에 도달했을 때 즈음엔 해가 지고 말았다. 헤드라이트도 없었고, 마실 물도 없었다. 목이 마르다 못해 목구멍이 따가웠다. 길은 평탄한 편이었지만 아무것도 보이지 않으니 앞으로 갈 수가 없었다.

우리는 나무에 기대어 쉬었다. 온도가 내려가면서 가만히 있으면 몸이 덜덜 떨렸다. 제자리에서 뛰다가, 낙엽으로 몸을 덮어 보기도 했다. 춥고 지친 와중에 배가 고파 왔다. 어쩌면 이 배고픔도 설정이 아닐까 생각했다. 허기도 가짜라고 생각해 보았다. 어른들이 날 설정할 수 있다면 먹지 않아도 살 수 있을까. 하지만 그렇게 생각한다고 고통이 사라지는 건 아니었다.

우리는 감각에 의지해서 조금씩 걷는 방법을 택했다. 별자리로 동서남북을 구분하는 법을 배운 적이 있었다. 자신은 없지만 배운 대로 해 보는 수밖에는 없었다. 다행히 바람은 잦아들었고 하늘에는 구름이 없었다.

어두워서 서로가 잘 보이지 않았기 때문에, 우리는 가끔 서로의 이름을 불러서 확인했다. 말할 기운도 없었지만 말을 안 하는 게 더 힘들었다. 혼자 남은 기분이 들었다. 우주도 마찬가지인 모양이었다.

"파랑아."

"응."

"무슨 이야기라도 해 봐."

우주의 말에 나는 아무 질문이나 생각해 내려고 애썼다.

"만약 네 몸을 스스로 설정할 수 있다면 어떻게 하고 싶어?"

우주의 목소리 대신 사각사각, 풀숲을 걷는 소리만 들렸다. 우주가 이내 입을 열었다.

"주근깨를 없애고 싶어."

우주의 엉뚱한 이야기에 내가 반문했다.

"네 주근깨가 어때서?"

"모르겠어. 아빠가 화가 나서 나를 바라볼 때, 꼭 주근깨를 보고 있는 것 같은 기분이 들었어. 어쩌면 아빠를 화나게 하는 무언가가 주근깨 안에 들어 있을지도 모른다고 생각했어."

"네 주근깨는 너랑 잘 어울리는데."

우주가 힘없이 웃었다.

"그냥 이유가 필요했나 봐."

"무슨 이유?"

"아빠가 나를 미워하는 이유. 이유가 있다고 생각하면 그래도 마음이 편해지니까."

위원회 결과대로라면 우주의 엄마 아빠는 추방되었을 시간이었다. 어쩌면 우주를 삭제시키려고 어른들이 쫓아오고 있는지도 몰랐다. 어쨌든 지금은 이 모든 걸 잊고 싶었다. 그래서 나는 노래를 부르기 시작했다.

파란 나라를 보았니 꿈과 사랑이 가득한

파란 나라를 보았니 천사들이 사는 나라

파란 나라를 보았니 맑은 강물이 흐르는

파란 나라를 보았니 울타리가 없는 나라

노래를 부르니까 피곤한 발에 힘이 들어갔다.

동화책 속에 있고 텔레비전에 있고

아빠의 꿈에 엄마의 눈 속에 언제나 있는 나라

아무리 봐도 없고 아는 사람도 없어

누구나 한번 가 보고 싶어서 생각만 하는 나라

갑자기 뒷부분 가사가 생각이 나지 않았다. 마르고 닳도록 부
르던 노래인데, 요새 부르지 않았던 탓일까. 나는 허밍으로 남은
부분을 이어 나갔다.

"무슨 노래야?"

우주가 물었다.

"그냥 우리 집 노래."

무심코 말해 놓고는 그럴듯한 표현이라는 생각이 들었다. 이

노래는 우리 집 노래였다. 엄마가 나를 목욕시키며 흥얼거린 노래, 아빠가 나랑 놀아 주며 불렀다는 노래. 내가 울면 부모님이 나를 안고 불러 주던 노래.

"가사가, 신기하네."

우주의 말을 듣고 가사를 곱씹어 보았다. 나에게는 늘 멜로디로만 존재하는 노래였다. 누구나 한번 가 보고 싶어서 생각만 하는 나라….

"아까 왜 그랬어? 한 명이 들키면 도망가기로 했잖아."

우주의 질문에 나는 답을 생각해 보았다.

"그냥 나도 모르게 그랬어. 널 두고 갈 수가 없었어."

우주가 고마워, 하고 속삭이듯 말했다. 한동안 말없이 걷다가 우주한테 물었다.

"근데 다른 나라로 가는 거라면, 어떤 나라로 가고 싶어?"

내 질문에 우주는 생각에 잠겼다.

"그런 생각은 안 해 봤어. 여기만 아니면 된다고 생각했는데, 아예 삭제가 될 줄이야. 그런 건 생각하지 못했어."

"우주야, 너 괜찮은 거지?"

나는 특별 위원회 때의 일을 떠올렸다. 조심스럽게 물었지만 이내 후회했다. 삭제된다는 이야기까지 들은 우주가 괜찮을 리 없었다.

"괜찮아."

의외로 편안한 목소리였다.

"근데, 미로 쌤이 보고 싶어."

그제야 미로 쌤과 마지막 인사를 못 했다는 사실을 깨달았다.

우리는 걷다가 지쳐서 나무에 기대어 깜빡 졸다가 하늘이 밝아질 때쯤 깼다. 해가 뜨고 있었다. 파란 나라에서 보는 마지막 해일지도 몰랐다.

찌뿌드드한 몸을 이리저리 돌리고는 다시 걷기 시작했다. 걷고 또 걸었다. 더 이상 대화도 나누지 않았다. 팔다리에 힘이 빠졌다. 하지만 다른 선택은 없었다. 무조건 숲의 경계까지 가야 한다는 생각밖에 들지 않았다.

숲은 끊임없이 반복되었다. 느낌으로 알 수 있었다. 그 반복이 수백 번, 어쩌면 수천 번쯤 되었을 때, 숲이 아닌 다른 무언가가 눈에 들어왔다. 거대한 철조망이었다.

우리는 말을 잃고 철조망을 한참이나 보았다. 오른쪽으로도, 왼쪽으로도 끝이 보이지 않았다. 아무리 찾아봐도 문 같은 건 없었다. 어쩌면 이런 식으로 파란 나라의 가장자리가 둘러싸여 있는지도 몰랐다.

"어떻게 하지?"

우주가 망연자실한 얼굴로 물었다. 나는 철조망 가까이로 가서 손을 대 보았다. 끈적끈적하게 페인트가 묻어나서 손을 더럽

혔다. 높이는 나와 우주의 키를 합친 정도였다. 촘촘한 망 때문에 발 딛기는 좋지 않았지만, 적어도 두 손으로 움켜쥘 수는 있었다.

"일단 넘어 보자."

철조망 너머에 기차역이 있다는 확신은 없었지만, 이 철조망을 넘지 않으면 아무 데도 갈 수 없었다. 내가 먼저 시도했다. 하지만 손아귀의 힘이 풀리면서 몇 번이나 실패하고 말았다.

"안 되겠어."

우주가 주변에서 부러진 나뭇가지들을 모아 쌓기 시작했다. 제법 큰 나뭇가지도 있어서 힘을 합쳐 끌고 오기도 했다. 시간은 걸렸지만 이 방법은 효과가 있었다. 적어도 올라가야 할 높이는 줄여 주었다.

나뭇가지 더미 위로 올라가 철조망을 타기 시작했다. 철조망은 손바닥을 파고들었고 팔에 힘이 빠졌다. 하지만 높이가 줄어든 덕에 겨우 꼭대기에 몸을 걸칠 수 있었다.

"우주야, 떨어질 때 차라리 쓰러지는 게 안전해."

우주가 고개를 끄덕였다. 나는 용기가 나지 않아서 괜히 으라차차, 하고 기합을 한 번 넣었다. 그런 내가 어이없는지 우주가 기운 없는 얼굴로 웃었다. 하나, 둘, 셋! 하는 구령과 함께 우리는 함께 뛰어내렸다.

우주가 발목을 감싸 쥐었다.

"삔 것 같아."

우주는 땅에 발을 대기만 해도 아픈지 인상을 썼다. 난감한 상황이었다. 온 길로 다시 갈 수도 없지만, 기차역에 언제 도착한 다는 기약도 없었다. 만약 그때 희미한 안내 방송 소리가 들리지 않았다면 나는 포기하고 파란 나라로 혼자 돌아가 도움을 청했을지도 모른다. 하지만 우주와 나 둘 다 분명히 들었다. 약간 웅얼거리는 듯한 안내 방송 소리를 말이다.

나는 우주를 부축하고 달리기 시작했다. 소리가 점점 가까워졌다. 철조망에서 그다지 멀지 않은 곳에서 작은 수풀을 지나자 숲과는 다른 풍경이 나왔다.

분명 기차였다. 우리 마을에서 다른 마을로 갈 수 있는 유일한 수단이기도 했다. 언젠가 미로 쌤이 말한 것처럼 커다란 통을 이어 붙인 것 같은 모양새였다.

"곧 기차가 출발합니다!"

기차선로 앞에 선 아저씨가 외쳤다. 우리는 기둥 뒤에 숨었다. 우주가 말했다.

"저 아저씨가 다른 데를 볼 때 얼른 타자."

우리는 아저씨가 시선을 돌리기를 기다렸다.

"지금이야!"

아저씨가 몸을 반대편으로 돌렸을 때 우리는 달려서 기차 안으로 들어갔다.

기차 안에는 사람이 한 명도 없었다. 누굴 위한 기차인 걸까, 출발을 하긴 하는 걸까 싶을 정도로 텅 비어 있었다. 하지만 우리는 기차가 출발할 때까지는 좌석에 앉을 수 없었다. 혹시 누군가에게 들켜 기차에서 쫓겨날까 두려웠기 때문이다.

"지금 출발합니다! 탑승을 서둘러 주세요. 열차표가 없으신 분들은 타실 수 없습니다!"

기차가 덜컹거리기 시작했다. 드디어 성공했다는 안도와 동시에 두려움이 밀려왔다. 이 기차를 타고 가면 다시는 엄마 아빠를 만날 수 없는 걸까. 어젯밤 걸으면서도 엄마와 아빠가 생각날 때마다 억지로 그 생각을 접어 두었다. 분명 돌아올 방법이 있을 거라고 믿기로 했다. 내가 말했다.

"누가 오면 잠깐 화장실에 숨자. 미로 쌤이 기차 안에 화장실이 있다고 했어."

나는 화장실을 찾느라 몸을 낮추고 움직였다. 정말 문이 닫히려는지 덜커덩, 하는 소리가 났다. 지금 저 문이 닫히면, 우리의 탈출은 성공하는 셈이었다. 그때 우주가 내 팔을 잡았다.

"파랑아!"

"왜?"

"난 혼자 떠날 거야. 너는 돌아가."

"그게 무슨 소리야!"

"너희 부모님은 좋은 분이잖아. 너한테서 부모님을 뺏을 수는 없어."

"다시 오면 되지. 가는 방법이 있으면 오는 방법도 있을 거야."

그때 다시 한번 곧 기차가 출발한다는 목소리가 들려왔다. 우주가 나를 힘껏 밀었다. 예상치 못한 힘에 나는 좁은 계단 아래로 거의 넘어질 뻔하면서 내려왔다. 정신을 차렸을 때는 기차 밖으로 완전히 나온 뒤였다. 그와 동시에 기차 문이 닫혔다.

"우주야!"

기차는 출발했고 나는 달렸다. 우주가 창문 너머로 나를 바라봤다. 우주가 입을 크게 벌려서 뭐라고 말했는데 무슨 말인지 알아듣지 못했다. '잘 있어'인지 '고마워'인지 어쩌면 둘 다 아닌지도 몰랐다.

"파랑아!"

우주의 모습이 사라짐과 동시에 등 뒤에서 나를 부르는 소리가 들렸다. 달려오는 엄마 아빠의 얼굴이 보였다. 방금까지는 영원히 못 볼 수도 있다고 생각했던 얼굴들이었다.

"파랑아, 여기까지 어떻게 온 거야! 빨리 돌아가자."

아빠가 나를 껴안았다. 나는 뭔가 잘못되었다는 생각이 들었다.

"싫어! 돌아갈 수 없어요!"

엄마가 말했다.

"파랑아, 넌 돌아가야 해. 집에 가야지."

나는 바닥에 주저앉았다.

"거짓말. 다 거짓말이잖아요. 파란 나라가 모두 거짓말이잖아요!"

엄마 아빠를 뿌리쳤다. 아빠는 나를 달래듯 말했다.

"집에 가서 설명해 줄게. 약속해. 일단 가자."

하지만 그 말조차 거짓으로 들렸다.

"우주랑 같이 갈래요. 기차를 세워 주세요!"

"어디를 간다는 거야! 넌 여기 있어야 해."

"그럼 진실을 알려 주세요! 그 전에는 갈 수 없어요!"

그 말을 끝으로 나는 정신을 잃었다. 갑자기 잠의 습격을 받은 것처럼 쓰러지고 말았다.

진실을 알려 줘

깨어 보니 침대 위였다. 아래층으로 내려가자 아빠가 있었다.

"일어났니?"

"우주는 어떻게 됐어요?"

"일단 먹고 얘기하자. 배고프지?"

배가 고픈가. 나는 감각을 의심했다. 하지만 아빠가 계란프라이와 소시지를 내오자 침이 고였다. 우주에 대해서 물어보고 싶었지만 두렵기도 했다. 내가 원하지 않는 대답이 돌아올까 봐 무서웠다. 순식간에 식탁 위에 놓인 음식을 먹어 치웠다. 아빠는 책을 보는 척하면서 계속 나를 살폈다. 나는 깨끗해진 접시를 개수대에 놓고 식탁으로 돌아왔다.

"이제 얘기해 주세요."

"우리 나가서 좀 걸을까?"

나는 아빠가 대답을 미룬다고 생각했다. 아빠를 따라 언덕에 올랐다. 뒤늦게 엄마가 보이지 않는다는 걸 깨달았다.

"근데 엄마는 어디 있어요?"

"급한 일이 있어서 나가셨어."

우리는 늘 앉던 벤치에 앉았다. 파란 나라가 한눈에 들어오는 자리였다. 여느 때와 같이 파란빛이 드리워진 마을이 눈에 들어왔다.

"너한테 어떻게 설명해야 할지 모르겠구나."

아빠가 먼저 말해 놓고서는 더 이상 말이 없었다. 결국 난 참지 못하고 물었다.

"'삭제'가 뭐예요?"

"그건, 시민권 삭제를 의미하는 거란다."

"삭제되면 어떻게 되는 건데요?"

"다른 마을로 떠나는 거지."

"우렁이처럼요? 우렁이는 왜 삭제된 건데요? 동생이 생겼기 때문인가요?"

"그것도 알고 있었구나."

아빠는 심호흡을 한 번 했다. 그리고 뭔가 결심한 듯한 얼굴로 말했다.

"파랑아, 아빠 말 잘 들으렴. 파란 나라는 네 또래의 아이들이 살기에는 최고로 좋은 곳이지만, 모든 사람에게 적합한 곳은 아니란다."

나는 뒷말을 참을성 있게 기다렸다.

"파란 나라는 폐쇄적인 곳이기도 해. 여긴 아이들을 키우는 가족을 위해 만들어진 곳이야. 당연히 다른 사람들에게는 이곳이 맞지 않을 수 있어. 물론 파란 나라가 그냥 마음에 들지 않아서 이곳을 떠날 수도 있고 말이야."

아빠는 지금은 파란 나라에 없는 사람들 이야기를 꺼냈다. 예전에 열네 살이 된 아이들은 학교가 없어서 이곳을 떠났다. 몸이 아픈 사람들은 병원이 많은 동네로 떠났고, 직장이 너무 멀어서 떠난 사람들도 있었다. 어떤 가족은 다른 나라에 살아 보고 싶다며 떠나기도 했다.

"우주는 그러면 다른 마을에서 살게 된 건가요? 부모님하고 같이 있나요?"

"글쎄, 그건 정확하지는 않구나. 떠난 사람들이 꼭 기록을 남길 의무는 없거든."

"하지만 알아야 해요. 저한테는 중요한 문제예요."

"아마도 다른 마을에 새로운 기회가 있을 거야. 새로운 삶을 살 수 있는 기회가. 그렇게 믿어야겠지."

나는 줄곧 궁금했던 걸 참지 못하고 물었다.

"아빠, 우리는 특이한 존재들인가요? 실험 대상이에요?"

"아니야. 그런 게 아니란다."

아빠가 고개를 세차게 저었다.

"회의하는 걸 들었어요. 어른들은 우리를 마음대로 설정할 수 있잖아요. 몸도 바꿀 수 있고요."

"언젠가는 이런 일이 생길 거라고 생각해 왔단다. 네가 궁금해할 거라고."

아빠는 손이 시릴 때처럼 마구 비볐다. 초조할 때마다 나오는 아빠의 습관이었다.

"지금 모든 걸 다 말해 줄 수는 없단다."

나는 입을 다물었다. 의심이 가득한 나를 진정시키려는 듯 아빠가 말했다.

"언젠가는 전부 다 설명해 줄게. 약속하마. 아빠가 마을 위원장이 된 것 알고 있니? 회의를 들었으면 알겠구나. 마을이 많이 바뀔 거야. 언젠가는 너도 어른들을 이해할 수 있을 거야."

어렸을 때부터 아빠가 자주 해 오던 이야기가 떠올랐다.

'완벽한 마을은 없단다. 고쳐 가면서 살아가는 거야.'

'파란 나라는 점점 더 좋아질 거야. 파랑이 네가 있으니까.'

그 말들 때문에 내가 파란 나라를 좋아했던 것일지도 모른다.

"부탁하고 싶은 게 있어. 아빠가 준비가 될 때까지 아이들한테는 비밀로 해 줄래? 지금 네가 아는 걸 말하면 아이들이 혼란스러워할 거야."

"언제까지요?"

"오래 걸리지 않을 거야. 약속해."

나는 입을 다물었다.

"우리는 늘 좋은 팀이었잖니."

아빠는 애원하듯이 말했다. 나는 마음속으로 더 이상은 아니에요, 하고 말했다.

엄마를 만난 건 그날 저녁이었다.

엄마는 아무 일도 없었다는 듯이 행동했다. 마치 내가 독한 감기를 앓고 났을 때처럼 나를 대했다. 이마를 다정하게 훑어 주었고 먹고 싶은 게 없냐고 물어봤다. 나는 고개를 저었다.

엄마는 주방에서 분주하게 움직이더니 계란죽을 해 주었다. 내가 감기에 걸렸을 때 먹고는 하던 음식인데, 계란죽만큼은 꼭 엄마가 만들었다.

침대에 누워도 더 이상 잠이 오지 않았다. 하지만 침대 밖으로 나가고 싶지 않았다. 그런 나에게 엄마는 산책을 하자고 했다.

"이것도 엄마의 로망이에요?"

"무슨 말이니?"

"주말에 저랑 숲 산책하는 거요. 그것도 엄마의 로망 중 하나냐고요."

말이 뾰족하게 나갔다. 내 말투에도 엄마는 미소를 잃지 않았다. 엄마가 연기를 하는 것처럼 느껴졌다.

"지금 너한테 운동이 도움이 될 것 같다고 생각했을 뿐이야. 몸은 뇌하고도 연결되어 있거든. 운동을 하면 기분도 좋아지는 법이야."

뇌가 어떻다고 말하는 건 아무 소용이 없었다. 그걸 안다고 해서 당장 꼼짝도 하기 싫은 내 기분이 해결되는 건 아니기 때문이었다. 엄마를 자극하고 싶었다.

"엄마는 왜 내 동생을 안 만들었어요?"

"그게 무슨 말이야?"

"그냥요. 우렁이는 동생이 생겼다면서요. 엄마는 왜 내 동생을 안 낳았는지 궁금했을 뿐이에요."

분명 비꼬는 것처럼 들렸을 것이다. 드디어 엄마의 얼굴에서 미소가 사라지게 하는 데 성공했다. 나는 멈추지 않았다.

"왜 모른 척하세요? 어른들이 진실을 숨기고 있잖아요."

"그건 어른들의 일이야. 어른들의 일을 모두 너희와 공유할 수는 없어."

"그게 우리의 몸과 관련된 일이라고 해도요?"

"물론이지. 그걸 받아들이기에 적당한 나이가 되면 그땐 알게 될 거야. 어른들은 그럴 의무가 있어."

"어떤 의무요? 진실을 감춰야 하는 의무인가요?"

엄마는 나와 눈을 똑바로 맞췄다.

"우리 낙천적인 아들 파랑이는 어디 간 거지? 화가 난 건 이해하지만, 이런다고 해결되는 문제는 아니야. 시간이 필요해."

"더 이상의 시간은 필요 없어요. 필요한 건 진실이에요."

엄마의 얼굴에 미소는 흔적조차 남지 않았다.

"아니! 모든 사실을 다 아는 게 늘 좋은 것만은 아니야. 나중에 알게 될 거야. 모를 수 있다는 게 얼마나 큰 행운인지!"

엄마는 더 이상 내 말을 듣지 않으려는 듯 나가 버렸다.

학교에 간 건 기차역에서 돌아온 지 3일 뒤였다. 부모님은 친구들에게 비밀로 하겠다는 약속을 받아 낸 뒤에야 마지못해 나의 등교를 허락했다.

부모님을 믿어 보기로 한 건, 단 한 가지 이유 때문이었다. 미로 쌤의 집에서 아빠와 교장 선생님의 대화를 엿들었던 날, 아빠가 했던 말을 떠올렸다.

'동생 때문에 우렁이가 '삭제'를 당하는 건 너무 가엾잖아요. 파란 나라도 좀 더 유연해질 수 있다고 생각합니다.'

아빠는 분명 우렁이를 도우려고 했다. 아빠의 진심을 한 번만 믿어 보고 싶었다. 다만, 기한을 정했다. 아빠는 크리스마스 행사 전에 다음 마을 위원회가 열릴 거고, 거기서 많은 게 달라질 거라고 했다. 파란 나라가 투명해질 거라고 했다. 그러니까 그때까지만 기다려 달라고, 부탁하듯이 말했다.

교실에 들어서자 아이들이 몰려들었다.

"너 아팠다며!"

나는 대충 고개를 끄덕였다.

"우주 전학 갔다며? 왜 한파랑이랑 놀면 자꾸 전학 가냐."

"야, 누구 전학 가고 싶은 사람? 한파랑 옆에 앉아!"

아이들이 떠들어 대는 소리를 들으며 우주의 자리를 보았다. 교실에 들어서면서부터 우주가 없다는 사실밖에 떠오르지 않았다. 텅 빈 책상은 아직 치워지지 않고 그 자리에 빈 채로 있었다.

당장 내가 보고 싶은 사람은 미로 쌤뿐이었다. 쉬는 시간마다 교무실을 기웃거렸지만 미로 쌤은 보이지 않았다. 교무실에서 나오던 음악 쌤이 의문을 풀어 주었다.

"교장 선생님 떠나신 건 알고 있지? 지금 미로 쌤은 엄청 바쁘셔. 교장 선생님 대행을 하시거든."

그제야 미로 쌤을 만나기가 그토록 힘들었던 이유를 알 수 있었다.

학교는 일주일 사이에 분위기가 바뀌어 있었다. 아이들은 크리스마스 파티 준비에 한창이었다. 수업 몇 개가 취소되고, 파티 준비로 대체되었다. 나는 아직 몸이 안 좋다는 핑계로 벤치에 앉아서 아이들이 강당에 모여서 공연 연습하는 걸 지켜봤다. 진도가 눈에 띄게 많이 나가 있었다. 새삼스럽게 아이들이 갑자기 잘하는 것처럼 보였다.

미로 쌤을 만난 건 수업이 끝나고 집에 가기 직전이었다. 선생님은 다른 아이들의 눈을 의식한 듯 일부러 크게 말했다.

"파랑이 아팠다더니, 고생했겠구나. 이제 괜찮니?"

내가 괜찮은지 뚫어지게 보는 눈, 나만 볼 수 있는 선생님의 표정이었다. 긴장이 풀려서 다리가 꺾일 뻔했다.

"괜찮아요. 선생님! 오늘 방과 후 수업 하나요?"

선생님이 몸을 기울여 내 귀에 대고 빨리 말했다.

"집으로 올래? 거기서 얘기하자."

나는 수업이 끝나자마자 미로 쌤의 집으로 달려갔다. 우리는 정신없이 각자에게 일어난 일들을 이야기했다. 우리가 보늬를 타고 숲을 건너가는 동안, 미로 쌤은 일이 틀어진 걸 깨달았다.

"시간이 지나도 너희가 돌아오지 않더구나. 너희가 들켰다는 걸 직감했어. 사라진 아이가 있는데 사람들이 찾아 나서지 않는 게 수상했거든."

나는 우주와 내가 어떻게 걷고 또 걸었는지, 기차역을 발견하고 얼마나 흥분했는지 이야기했다.

"우주는 다른 나라로 잘 갔을 거라고 했어요. 아빠가요."

미로 쌤은 힘없이 고개를 끄덕였다.

"그렇게 믿어야겠지. 하지만 그런 식으로 그 애를 잃을 줄은 몰랐어."

회의 때 들은 이야기도 했다. 교장 선생님이 미로 쌤의 자료를 학부모들에게 보여 주며 우주 가족을 제명했다고 하자, 미로 쌤이 얼굴을 감싸 쥐었다.

"그동안 모은 자료를 들고 가서 전출 신청을 했어. 조건은 우 주를 데리고 가는 거였어. 그 자료가 우주를 삭제하게 만들 줄 은… 결국 다 나 때문이었구나."

"선생님 때문이 아니에요."

자신은 없지만 선생님을 위로하기 위해서 이렇게 말했다.

"우주네 집에 갔더니 아무것도 남아 있지 않았어. 짐도 깨끗 하게 사라졌어. 마치 여기 없었던 것처럼 말이야."

"우주가 선생님을 보고 싶어 했어요. 작별 인사를 전해 달라 고 했어요."

그 말에 미로 쌤은 얼굴을 가리고 울었다. 어른인 선생님이 어린애처럼 우는 게 낯설었다. 한편으로는 혼자서만 간직했던 마음이 조금은 가벼워지는 걸 느꼈다. 마치 선생님이 날 대신해 울어 주는 것만 같았다.

미로 쌤이 겨우 눈물을 멈췄을 때 내가 말했다.

"교장 선생님이 떠나셨다고 들었어요."

"네가 무사히 돌아온 걸 확인한 뒤에 바로 떠나셨어."

"어디로요?"

"치료를 받을 수 있는 곳으로. 너희 아빠가 하셨다는 말씀처 럼, 파란 나라는 아픈 사람에게 좋은 곳이 아니니까."

"다시 돌아오실까요?"

"잘 모르겠어. 떠나시기 전에… 자신이 어떤 엄마였냐고 물어보시더구나."

"그래서 뭐라고 하셨어요?"

"나한테 잘해 주셨다고 대답했어. 그건 사실이야."

미로 쌤이 교장 선생님을 엄마라고 부르는 건 아직도 낯설게 들렸다.

"하지만 난 항상 엄마를 의심했단다. 엄마가 나한테 뭔가를 감추고 있다고 생각했으니까."

"아직도 그렇게 생각하세요?"

"그래. 지금도 엄마가 정확히 어디 계신지 모르고 있잖니. 내가 딸인데도 말이야."

미로 쌤의 집에서 나올 때 선생님은 당분간 방과 후 수업을 쉬자고 했다.

"너까지 위험에 처하게 할 순 없어."

미로 쌤의 말에 나는 고개를 끄덕였다. 하지만 억울한 기분이 들었다.

"선생님, 포기하지 않으실 거죠?"

선생님은 고개를 끄덕였다.

"그래, 포기하지 않을 거야."

일기장

아빠는 마을 위원장이 되고 나서 바빠졌다. 민원을 처리하느라 여기저기로 돌아다녔다. 바쁜 건 엄마도 마찬가지였다. '저술 작업'이 막바지에 이르러, 일하느라 밤을 새우는 일도 많아졌다. 아침에 일어나 보면 새벽에 일이 끝났는지 소파에서 자고 있는 엄마를 발견하기도 했다.

엄마와 아빠는 오히려 예전보다 나를 신경 쓰지 않는 듯 보였다. 그건 다행스러운 일이었다. 부모님과 마주칠 때마다 어색하게 굳어 버리거나, 따지고 싶어졌다.

집에 있을 때 나는 지하 창고에서 시간을 보내기 시작했다. 자주 쓰지 않는 물건들이 먼지를 뒤집어쓰고 있는 공간이 지금의 나에게는 집에서 유일하게 편안하게 느껴졌다. 혹시 파란 나라에 대한 단서를 발견할지도 모른다는 기대로 물건을 뒤적이다가 예전 사진첩이나 일기장을 발견하기도 했다.

한번은 파란 나라에 처음 왔을 때 즈음의 가족사진을 발견했다. 아빠는 엄마의 어깨를 감싸고, 내 어깨에 손을 올리고 있었다. 엄마는 어깨를 감싼 아빠의 손을 잡고 한 손으로는 내 손을 잡고 있었다. 나는 엄마의 손을 잡고 한 손으로 아빠의 옷자락을 붙들고 있었다. 우리는 서로 꽁꽁 묶여서 절대 떨어지지 않을 가족처럼 보였다. 누구 한 명이 놓아도 어떤 식으로든 이어질 것처럼 단단해 보였다.

내가 어릴 때 엄마가 쓴 일기도 찾아냈다. 일기의 첫 장은 나의 탄생이었다. 나는 앉은자리에서 읽어 내려가기 시작했다.

'파랑이가 3.3킬로그램으로 태어났다.
이름은 태명 그대로 파랑이로 했다.'
'이제 막 태어난 아이는 아주 작다.
안다가 실수로 떨어뜨릴까 봐 겁이 난다.'
'파랑이가 열이 나서 잠을 거의 자지 못했다.
겨우 열이 떨어졌다. 힘들다.'

기록은 드문드문 이어졌고, 일기장 속 나는 쑥쑥 자라났다.

'파랑이가 처음으로 걸었다. 기특하다.'

'파랑이가 처음으로 한 말은 '엄마'다.'

'파랑이가 돌잡이에서 '실'을 잡았다. 오래 건강하게 살기를.

그것밖에는 바랄 게 없다.'

'질문이 많아졌다. 세상의 모든 게 낯설고 궁금하겠지.

어떻게 대답해 줘야 할까, 매일 고민한다.'

'파랑이를 길에서 잃어버렸다. 눈 깜짝할 사이에 파랑이가 내 앞에서

사라졌다. 미친 여자처럼 파랑이의 이름을 외치며 헤맸다.

5분 만에 파랑이를 찾았다. 마치 500년이 흐른 것 같았다.'

'내가 엄마여서 행복하다.

다른 누구도 아닌 한파랑의 엄마여서 행복하다.'

'엄마 아빠의 사랑을 당연하게 받고 자라렴. 사랑하는 내 아이야.'

나는 한동안 창고를 떠나지 못하고, 멍하니 앉아 있었다. 엄마에게 화를 냈던 며칠 전 일도 떠올랐다. 엄마와 파란 나라를 산책하고, 도서관에서 각자 좋아하는 책을 골라 돌아오던 길도 생각했다. 그때로부터 너무 멀리 와 버렸다.

학교는 하루 종일 크리스마스 행사 준비로 북적였다. 나는 수업에 빠진 대가를 치러야 했다. 공연 연습에서 뒤처진 부분은 세림이한테 따로 배우라는 선생님의 지시가 떨어졌다. 세림이는

가장 어려운 동작을 반복해서 보여 주었다. 같은 부분을 일곱 번째 틀렸을 때 세림이는 결국 화를 냈다.

"한파랑! 너 배울 생각은 있는 거야?"

세림이는 포기하겠다는 듯이 벤치로 갔다. 나는 세림이 눈치를 보며 그 옆에 앉았다.

"제대로 외우는 게 좋을 거야. 1등 팀 전체에 배지를 지급하겠다고 했거든."

우렁이가 나에게 준 배지가 떠올랐다. 강당 한쪽에서는 아이들이 합창을 연습하고 있었다. 독창을 맡은 아이가 떨리는 목소리로 노래를 불렀다. 나는 무대로 뛰어 올라가 아이들에게 진실을 폭로하는 상상을 했다. 하지만 과연 아이들이 내 말을 믿어줄까. 세림이가 불쑥 말했다.

"손톱 얘기 말이야. 그거 나야."

나는 무슨 말인지 한 번에 알아듣지 못했다.

"그 흰 상자 말이야. 네 탐정 상자."

일주일 동안 상자의 존재를 까맣게 잊고 있었다. 나는 손톱 이야기를 떠올렸다. 손톱이 자는 동안 가지런하게 깎여 있었다는 이야기. 그 쪽지의 주인이 세림이일 줄이야.

"뭔가 기대하고 적은 건 아니야. 그냥 누군가한테 얘기하고 싶었어."

"좀만 기다려 줘. 어쩌면 비밀을 알아낼 수도 있어."

나는 세림이에게 괜한 희망을 준 건가 싶어서 방금 한 말을 후회했다. 하지만 세림이는 신경 쓰지 않는 눈치였다.

"근데 너, 탐정 포기한 거야? 프로젝트는 어떻게 된 거야?"

그제야 프로젝트를 잊고 있었다는 걸 깨달았다.

"파란 나라에 이상한 소문이 도는 거 알고 있어?"

"무슨 소문?"

"기억이 사라지고 있다는 소문."

"그게 무슨 말이야?"

"말 그대로야. 도려낸 듯이 특정 기억만 사라졌다는 아이들이 있어."

나는 자리에서 벌떡 일어났다.

"내일 보자!"

나는 상자가 있는 곳으로 달려갔다. 주변을 둘러본 뒤 상자를 열었다. 스무 개 정도의 쪽지가 들어 있었다. 다시 한번 주위를 살핀 뒤, 쪽지를 모두 꺼내 가방에 욱여넣고는 요새 나의 아지트가 된 지하 창고로 갔다.

탐정, 고민하다가 쪽지를 보내. 내 친구 M에 대한 이야기야.
걔는 어릴 때 엄마가 '그 방'에 들어가는 걸 본 적이 있어. 그 애 엄마는 볼일이 있어서 다른 마을에 간다고 했는데, 사실은 '그 방'에 들어가서 몇 시간이고 나오지 않았다는 거야.

물론 '그 방'에 대한 이야기를 나누면 안 되지만 우린 단짝이고, 모든 비밀을 공유하거든. 사실 얼마 전에 내가 그 얘길 꺼냈어. 그런데 M은 전혀 기억을 못 하더라고. 처음에는 M이 장난치는 줄 알았는데, 결국 깨달았어. 그 애는 정말 기억을 잃었던 거야.

탐정, 이상한 소문이 도는 거 알고 있어?
아이들 사이에서 기억 상실증이 번지고 있어. 사실 나도 몇 가지 기억을 잃은 것 같아.
나한테는 신기한 기억법이 있거든. 이를테면 이런 거야.
'기차를 타고 서쪽 숲으로 간 졸참나무가 마신 호박죽.'
이상한 문장으로 들리겠지만, 나한테는 나름대로 의미가 있어.
졸참나무는 내 타임머신 캡슐을 묻어 둔 나무고, 호박죽은 내가 좋아하는 남자애한테 만들어 준 음식이야.
그런데 얼마 전부터 '기차'와 '서쪽 숲'의 기억이 떠오르지 않아.
요새 기억이 지워진다는 소문이 돌던데 혹시 그게 아닐까?
그 기억은 대체 뭐였을까. 궁금해서 견딜 수가 없어.

기억이 지워지고 있다!

생각에 잠겨 있는데 누군가의 발소리가 들렸다. 나는 쪽지들을 황급히 가방에 숨겼다. 조심스럽게 창고 문을 열고 밖을 보았다. 계단을 올라가고 있는 엄마의 뒷모습이 보였다.

엄마는 지하 2층에서 올라온 게 분명했다.

우리 집에서 지하 2층은 없는 것과 다름없는 공간이었다. 하지만 그곳에 부모님의 '비밀의 방'이 있다는 건 얼핏 알고 있었다. 엄마와 아빠가 그곳에 가는 걸 직접 본 기억은 거의 없었다.

작업 중인 줄 알았던 엄마가 지하 2층에 있었다는 걸 그제야 깨달았다. 엄마가 어디서 작업을 하는지 그동안 모르고 있었다는 게 오히려 이상하게 느껴졌다.

난데없이 아빠가 자주 하는 말이 떠올랐다.

'문제를 해결하는 사람은 늘 엄마란다.'

다음 날 학교가 끝나자마자 미로 쌤의 집으로 향했다.

"선생님, 급히 얘기할 게 있어서 왔어요."

"들어오렴."

나는 간밤에 있었던 일들을 이야기했다. 엄마가 요새 바빴다는 사실도 말이다.

"예전에 선생님의 '비밀의 방'에 들어갔던 거 기억하세요?"

미로 쌤은 고개를 끄덕였다.

"선생님의 '그 방'은 평범한 방일 뿐이었지만, 부모님들의 방은 뭔가 다른 거 아닐까요?"

미로 쌤이 짐작하고 있었다는 듯이 고개를 끄덕였다.

"스무 살이 되었을 때 방을 갖게 되었어. 하지만 실망했지. 나는 늘 궁금했단다. 이 공간은 그다지 특별할 것도 없는데 왜 비밀로 남아 있는 걸까."

"그럼 혹시 선생님도…."

"부모님들의 방은 다를 거라고 생각했어. 파란 나라는 철저히 부모 중심의 나라니까."

미로 쌤은 생각에 잠겼다.

"부모님들이 아이들을 컨트롤하는 공간이 있을 거야. 난 그동안 '그 방'을 의심해 왔어."

"더 중요한 게 있어요."

나는 가방 안에서 쪽지들을 꺼냈다.

"선생님이 말씀하셨죠. 기억이 삭제될 수도 있다고요. 갑자기 속도가 빨라진 것 같아요."

나는 미로 쌤에게 쪽지를 모두 보여 주었다. 하나씩 읽어 보던 미로 쌤은 서랍장 뒤편으로 가더니 무언가를 꺼내기 시작했다. 커다란 칠판이었다. 칠판에 깨알 같은 크기의 암호가 들어차 있었다. 어차피 내가 알아볼 수 없었지만, 문자와 기호들에서 눈을 뗄 수 없었다.

"수많은 가정들을 검토해 보았어. 그동안 우리가 고민해 오던 것들 전부."

미로 쌤이 말을 이었다.

"부모님들의 비밀, 우리가 설정되는 방법, 파란 나라가 통제되고 있는 방식, 어떤 것도 제대로 증명하기가 어려웠어. 어느 날 갑자기 그런 생각이 들더구나."

"어떤 생각이요?"

"제대로 검증이 안 된 이유가 혹시, 대전제 때문이 아닐까?"

"대전제라면…."

"대전제가 잘못되었다면, 제대로 된 증명이 불가능하니까."

"어떤 대전제가 잘못된 걸까요?"

"우리는 사람이다."

미로 쌤의 눈빛에 초점이 없어졌다.

"부모님이 만약에 사람이 아니라면, 아니면 반대로 우리가…."

명제에 대한 수업을 할 때 미로 쌤이 했던 말이 떠올랐다.

'대전제를 설정할 때는 주의해야 하죠. 하지만 터무니없는 상상력을 발휘하라는 뜻은 아닙니다.'

하지만 지금 우리가 살고 있는 이곳에서는 터무니없는 일이 일어나고 있었다. 그제야 선생님이 무슨 말을 하는지 감이 잡혔다. 나는 선생님의 눈에 들어찬 두려움을 보았다. 이내 미로 쌤이 결심한 듯 말했다.

"아니면 반대로 우리가 사람이…."

쿵!

집 안에서 무언가 쓰러지는 소리가 들렸다. 처음에 떠올린 것은 거대한 장식장이었다. 장식장이 무너진 걸까. 하지만 소리가 난 건 거실 쪽이 아니었다. 무슨 물건이 쓰러지면 저런 소리가 날까. 선생님은 지하실로 달려갔다. 나도 선생님을 따라갔다.

"엄마!"

내 눈에 들어온 건 방문턱에 쓰러져 있는 교장 선생님이었다. 보자마자 교장 선생님의 '그 방'이라는 걸 깨달았다.

미로 쌤이 쓰러진 교장 선생님을 자신의 무릎에 눕혔다. 교장 선생님이 입을 달싹였다. 뭔가 말하려고 했지만 목소리가 잘 나오지 않는 것 같았다.

"미로야, 내 새끼."

"엄마! 괜찮은 거예요?"

"미안하다. 미안해. 사랑해."

"엄마, 여기 어떻게 온 거예요?"

"시간이 없어. 시간이…."

겨우 몸을 일으키려던 교장 선생님이 다시 쓰러졌다. 자고 있는 것처럼 보이기도 했다. 어떻게 해야 할지 알 수 없었다.

미로 쌤이 교장 선생님의 몸을 주물렀다. 그 와중에 나도 모르게 방 안으로 시선이 향했다. 방의 크기는 미로 쌤의 것과 비슷했다. 거의 침대처럼 뒤로 젖혀진 큰 의자 앞으로 버튼과 모니터가 보였다. 의자 앞의 작은 탁자 위에는 액자가 하나 놓여 있었다. 그 액자에는 젊은 여자가 아기를 안고 있었다. 젊은 시절의 교장 선생님과 미로 쌤이었다. 나는 다시 둘을 바라보았다. 지금은 반대로 미로 쌤이 교장 선생님을 안고 있었다.

나도 모르게 방 안으로 들어가려는 나를 향해 선생님이 다급하게 외쳤다.

"들어가지 마! 위험해!"

문득 교장 선생님이 문이 아닌 '방'을 통해서 왔다는 걸 깨달았다. 진실을 깨닫는 순간 힘이 빠지며 자리에 주저앉았다. 나는 중얼거리듯 말했다.

"선생님, 여기가 통로였어요."

선생님은 내 말을 듣지 못한 것 같았다.

"엄마! 엄마!"

미로 쌤이 소리를 지르기 시작했다. 그 뒤에 믿을 수 없는 일이 일어났다. 발끝부터 교장 선생님의 몸이 없어지고 있었다. 이런 일이 어떻게 일어난 건지는 알 수 없었다. 하지만 한 가지는 확실히 알 수 있었다. 교장 선생님이 '완전히' 사라졌다는 것. 더 이상은 만날 수 없고, 같은 세계에 있지 않다는 걸 말이다.

첫 장례식

예전에 우렁이와 나는 장례식에 대한 책에 흠뻑 빠진 적이 있었다. 어떤 나라는 사람이 죽으면 거대한 돌무덤을 만들고, 어느 나라는 땅을 파서 묻었다. 시체를 태워서 바다나 숲에 뿌리는 곳도 있었다.

"파란 나라는 수목장이 딱이네. 사방이 숲이니까."

내 말에 우렁이는 고개를 저었다.

"난 그냥 우리 집 근처에 묻히는 게 낫겠어. 죽으면 귀신이 되어서 계속 가족들을 볼 수 있을지도 모르니까."

"그래. 넌 죽으면 너희 집 앞 정원에 묻어 줄게."

"그럼 넌 그 옆에 있는 나무에 뿌려 주지."

그런 얘기를 하면서 깔깔거리던 때가 있었다.

우리는 장례식에 가 본 적이 없었다. 나이가 많이 들기 전에 사람들이 모두 이사를 갔기 때문일 것이다. 죽음을 경험한 적이 없었기 때문에 우리는 죽은 뒤를 상상하는 게 조금도 무섭지 않았다. 그래서 죽음을 가지고 농담도 할 수 있었다.

장례식에는 아이들을 포함해 모든 마을 사람들이 참석했다.

엄마와 아빠도 검은 옷을 입고, 나도 지난해 크리스마스 행사 때 입었던 흰색 셔츠와 검은색 바지를 입었다. 바지가 짧아지긴 했지만 아직은 입을 수 있었다. 우리 학교 아이들은 다들 장례식에 온 게 어색한지 딴청을 부리거나 두리번거리고 있었다. 서로 눈이 마주치면 평소답지 않게 조용히 손을 흔들어서 인사를 했다.

미로 쌤은 검은 원피스를 입고 마을 사람들의 위로를 받고 있었다. 미로 쌤을 꼭 안아 주는 사람도 있고, 손을 오랫동안 잡고 있는 사람도 있었다. 위로의 말을 길게 하는 사람도 있고, 짧게 하는 사람도 있었다. 저렇게 오래 서 있으면 힘들지 않을까. 나는 선생님이 쓰러질까 봐 겁이 났다.

우리 가족의 차례가 되었을 때, 엄마는 미로 쌤의 귓가로 몸을 기울여 말했다.

"좋은 곳으로 가셨을 거예요. 편안하게 잠들 듯이 가셨다고 들었어요."

선생님은 고맙다고 인사하고는, 나를 향해서 말했다.

"파랑이도 와 줘서 고맙구나."

나는 한마디도 못 하고 고개만 겨우 끄덕였다. 마지막에 보았던 미로 쌤의 모습이 떠올랐다.

교장 선생님이 사라진 뒤, 미로 쌤은 주저앉은 나를 보더니 갑자기 벌떡 일어났다.

'어서 집으로 가! 오늘 본 건 절대 얘기하면 안 돼!'

집에 어떻게 돌아온 건지도 생각이 나지 않았다. 마구 달려서 집에 도착했을 때, 아빠는 통화 중이었다. 전화를 끊은 아빠가 말했다.

"파랑아, 슬픈 소식이 있단다. 교장 선생님이 돌아가셨어."

내가 본 교장 선생님의 죽음이 사실이었다는 게 실감이 났다. 나는 어깨를 들썩거리면서 울었다. 아빠가 와서 나를 안아 주었다.

"아빠도 슬프단다. 헤어진다는 건 언제나 슬픈 일이지."

아빠는 내가 교장 선생님이 돌아가신 것 때문에 운다고 생각했다. 나는 무서워서 울었다. 어른들이 그렇게 사라지는 존재라는 것이 비로소 사실로 다가왔다.

장례식이 끝나고 집으로 돌아가는 길에 나는 오랜만에 엄마 아빠와 나란히 걸었다.

"교장 선생님의 몸은 어떻게 되는 거예요? 몸이 사라지나요?"

아빠가 말했다.

"돌아가는 거란다. 원래 왔던 곳으로 다시 돌아가는 거야."

파란 나라에서의 몸은 사라졌고, 다른 세상에서의 몸은 존재하는 걸까. 그렇다면 그 몸은 태워지거나 묻히거나 바다로 흘러갈 것이다. 그건 이쪽의 몸이 가짜라는 증거였다. 내 몸을 만져보았다. 단단했다. 사라지는 건 상상하기 어려웠다.

엄마가 내 손을 잡았다. 생각에 빠져 있던 나는 흠칫 놀랐지만 그 손을 뿌리치지는 않았다. 엄마의 손에서 전해지는 온기가 좋았다. 엄마가 몸이 있는 사람이라는 게 느껴졌다. 날씨가 추웠지만, 엄마와 아빠의 사이에 서니까 견딜 만했다. 그제야 깨달았다. 미로 쌤은 엄마를, 하나뿐인 가족을 잃은 것이다.

크리스마스 행사는 취소되었고 교장 선생님 추모 행사로 대체되었다. 행사 준비를 하던 아이들은 실망하고 말았다. 수업 시간에 엎드려 자거나, 소란스럽게 떠드는 아이들이 많아졌다.

도서관에서 죽음에 관한 책을 찾아보며 내가 모르는 죽음에 대한 비밀이 있는지 알아보려 애썼지만 그런 건 없었다. '비밀의 방'에서 몸이 사라지는 식의 죽음은 어느 책에도 나오지 않았다.

미로 쌤을 만난 건 장례식이 끝나고 일주일 뒤였다. 우주네 집이 보이는 언덕에서 우연히 선생님을 만났다. 벤치에 앉아 있던 미로 쌤이 나를 발견하고는 옆자리에 있던 가방을 무릎 위로 옮겼다.

"선생님, 괜찮으세요?"

미로 쌤은 고개를 끄덕였다.

"너야말로 괜찮니? 그날 많이 놀랐을 텐데."

"괜찮아요. 하도 놀라운 걸 많이 봐서 그런가 봐요."

미로 쌤이 그제야 웃어 보였다. 어쩐지 우는 것처럼 보이는 미소였다.

"이 언덕에서 우주한테 선생님 이야기를 많이 들었어요."

나는 애써 밝은 목소리로 내가 말했다.

"우주가, 쌤 덕분에 버틸 수 있었다고 했어요. 선생님이 마지막까지 함께 있어 준다고 말해서, 그때부터 희망이 생겼대요."

"파랑아, 고맙다. 우주 얘기를 전해 줘서."

"쌤, 파란 나라의 비밀을 밝혀내는 일이요, 포기 안 하실 거죠? 그렇죠?"

"이제 내가 뭘 할 수 있을지 모르겠구나."

"선생님, 포기하시면 안 돼요!"

하지만 미로 쌤은 대답하지 않았다. 우주가 없는 우주네 집을 한참이나 바라볼 뿐이었다.

"그날, 교장 선생님이 돌아가신 날 말이에요. 선생님이 중요한 얘기를 하시던 중이었잖아요. 대전제가 잘못되었다고 하셨었죠?"

"파랑아, 그 얘긴 못 들은 걸로 해 줄래? 선생님이 다 잘못 생각한 것 같아."

"전 선생님이 뭔가를 발견하셨다고 생각했어요."

"아니! 난 아무것도 알아내지 못했어. 다 틀린 생각이었어."

미로 쌤이 먼저 가 보겠다며 자리에서 일어났다.

"선생님!"

미로 쌤은 뒤돌아보지 않았다. 서둘러 언덕을 내려가는 미로 쌤은 분명 어딘가 달라져 있었다.

더 이상 뭘 해야 할지 알 수 없었다. 마치 그동안 있었던 일들이 다 거짓말이 된 것 같았다. 나는 틈만 나면 도서관에 틀어박혔다. 집에 가고 싶지도 않았고, 학교에 있기도 싫었다.

"파랑아!"

도서관 소파에 눕다시피 한 나에게 소은 쌤이 반갑게 인사를 했다.

"엄마가 요새 도서관에 통 안 오시는구나."

"책 마무리 작업 때문에 바쁘시대요."

나는 지난밤에도 '비밀의 방'에서 밤을 새우고 돌아온 엄마를 떠올리며 말했다.

"그렇구나. 오래 기다린 예약 도서가 다음 주에 올 테니까 들르시라고 전해 드릴래?"

나는 알겠다고 대답하고는 자리에서 일어났다.

"아 참, 파랑아."

도서관 밖으로 나서려던 나는 소은 쌤이 부르는 소리에 멈춰 섰다.

"네가 질문한 것 말이야. 다시 생각해 봤단다."

어떤 질문인지 단숨에 떠오르지 않았다.

"여행을 간다면 어디로 가고 싶으냐고 물어봤었잖니."

소은 쌤이 분류한 책을 내려놓으며 말했다.

"난 경계에 가 보고 싶단다. 다른 나라들에 관한 책은 있지만, 어느 책에도 나오지 않는 부분이 있어. 경계에 대한 기록이 없어. 어떻게 가는지, 거기엔 무엇이 있는지 말이야."

"저도, 저도 그래요."

나는 중얼거리듯 말했다.

집에 가려다가 숲 쪽으로 걷기 시작했다. 아지트에 가서 소리를 실컷 지르고 싶었다. 추워진 날씨 때문에 숲에는 사람이 없었다. 예전에 우렁이와 시합을 했던 걸 생각하며 아지트까지 숨이 차게 뛰었다. 도착했을 때 즈음엔, 땀이 이슬이 되어서 눈썹에 촉촉하게 맺혔다.

널따란 바위에 앉아서 뱀숲을 바라보았다. 소은 쌤이 말한 것처럼 우렁이와 나도 경계에 대해서 생각하고는 했다. 마을의 경계엔 사람의 힘으로는 건널 수 없는 거대한 바다나 숲이 있을 거라고 생각했다. 파란 나라의 경계에는 숲이 있었다. 하지만 엄밀히 말하면 사실이 아니었다. 이곳과 저곳의 경계에는 '방'이 있었다. 그리고 나는 영원히 그곳에 가 보지 못할 것이다.

땀이 식어 가면서 추위에 몸이 떨려 왔다. 해는 곧 질 것이다. 겨우 몸을 일으켜 떠나려던 찰나, 나는 바위가 뭔가 바뀌어 있는 걸 발견했다. 우렁이와 내가 발견한 무늬 아래에 두 줄로 새로운 무늬가 생겨 있었다.

┤┬ㄴ│ ㄴㄴㄴㄲ┼ㅡㄴ┤┼┤│ ㄷㅡㄴ
┤ㅂㅁㅏㄴㄴㄴ ㄷㅏㅡㅡㄴ ㄷㅓ ㄷㅏ┼┤ ㄷㅏㄴㄷㅏ

이건 분명 '암호'였다. 그리고 이 암호를 새길 만한 사람은 딱 한 사람밖에 없었다. 미로 쌤이었다.

암호 해독

그때부터 나는 암호를 해독하는 데 모든 시간을 쏟아붓기 시작했다.

'나', '엄마'라는 단어는 모양이 겹쳐서 알아낼 수 있었다. 하지만 나머지는 오리무중이었다. 기존의 암호를 한 글자씩 떼어 자음과 모음으로 나눴다. 어렴풋이 규칙이 보이기 시작했다. 며칠을 매달린 끝에 몇 개의 단어를 알아낼 수 있었다. '아이' 그리고 '세상'이라는 단어였다. 하지만 아무리 생각해도 나머지 부분을 추측하기 어려웠다.

하루 종일 암호만 생각했다. 수업 시간에도, 길을 걸을 때도 암호에 대한 생각밖에 없었다. 내가 알고 있는 암호는 모두 외울 지경이 되었다.

미로 쌤에게 암호의 뜻을 물어볼 생각을 하지 않은 건 아니었다. 거의 그럴 뻔했다. 하지만 마지막 순간, 나는 마음을 바꿨다.

'미로 쌤이 진실을 말해 줄까.'

자신이 없었다. 슬픔에 빠진 미로 쌤의 얼굴이 떠올랐다. 진실을 알려 줄 생각이었다면 암호를 새겼다는 사실을 알려 주지 않았을까. 하지만 선생님은 다른 곳이 아닌, 내가 아는 장소에, 아지트 바위에 암호를 새겼다. 그러니까 내가 발견해 주길 바란 것일 수도 있다.

미로 쌤에게 진작 암호 해독법을 배우지 않은 게 후회되었다. 다행인 것은, 미로 쌤이 예전에 친구와 새겼던 암호들의 위치와 내용을 알려 주었다는 것이다. 미로 쌤은 몇 가지 규칙도 알려 주었다. 자음과 모음에 해당하는 각각의 무늬가 있다는 것, 쌍자음은 붙여서 두 번 쓰고 조사는 작게 쓴다는 것 등이었다. 나는 내가 알아낸 암호들을 노트에 적고 뚫어지게 보았다.

'기억이 지워진다.'

'나의 몸은 설정된다.'

'서쪽 숲에 기차가 다닌다.'

'엄마를 믿지 마.'

도무지 풀리지 않는 부분을 생각하며 집에 가니 엄마 아빠가 저녁을 먹고 있었다. 둘이 같이 있는 걸 보는 건 오랜만이었다.

"저녁 같이 먹자."

엄마의 말에 나는 고개를 저었다.

"배 안 고파요."

"할 얘기도 있어. 잠깐만 있다가 가렴."

나는 마지못해 자리에 앉았다. 엄마가 그릇에 카레를 잔뜩 담으며 말했다.

"오랜만에 셋이 같이 저녁 먹는 것 같네. 요새 엄마 아빠가 마을 일 때문에 많이 바빴지?"

마치 파란 나라의 비밀을 알기 전의 어느 날 저녁 같았다. 아무 걱정도 없이 시끄럽게 떠들고 웃었던 나날이 떠올랐다. 하지만 예전으로 돌아갈 수는 없었다.

"하실 얘기라는 건 뭐예요?"

"좋은 소식과 안 좋은 소식이 있어. 뭐부터 들을래?"

나는 안 좋은 소식을 골랐다. 매도 먼저 맞는 게 나은 법이니까. 이번에는 아빠가 말했다.

"다음 주에 하려던 마을 위원회 날짜가 늦춰졌단다. 교장 선생님이 돌아가신 일 때문에."

그건 정말로 안 좋은 소식이었다. 내가 억지로 입을 다물고 있어야 하는 시간이 늘어났다는 뜻이었다. 아빠는 내가 실망한 걸 보고는 활기차게 말했다.

"이제 좋은 소식이야. 아빠가 마을이 좋아질 거라고 했었지. 기억나니?"

나는 고개를 끄덕였다.

"파란 나라가 크게 바뀔 거야. 이건 비밀인데, 파랑이한테만 먼저 얘기해 주는 거야."

엄마가 아빠를 나무라듯 말했다.

"너무 뜸 들이면 재미없어. 빨리 말해 봐."

"무슨 일 있어요?"

엄마 아빠의 표정이 심상치 않았다. 엄마가 아빠와 눈빛을 한 번 교환하더니 말했다.

"파란 나라가 두 배가 될 거야!"

아빠도 더 이상 참지 못하겠다는 듯이 말을 쏟아 냈다.

"파란 나라는 확장될 거야. 동쪽 숲을 개발할 계획이거든. 새로운 도시가 될 거야. 학교도 새롭게 만들어질 거고. 현재까지 얘기해 줄 수 있는 건 이 정도란다."

엄마가 말했다.

"어쩌면 기차역이 하나 더 생길지도 몰라."

"거기서 다른 나라로 갈 수도 있나요?"

"그럼. 어른이 되면 기회가 생길 거야."

분명 놀라운 소식임에는 틀림없었다. 하지만 나는 엄마와 아빠가 바라는 반응을 해 줄 수 없었다. 나는 오로지 파란 나라가 어떻게 생겨 먹은 곳인지, 우주가 간 곳은 대체 어디인지 알고 싶을 뿐이었다.

"음, 멋지네요. 저 이제 올라가도 되죠? 배가 안 고파요."

"안 먹고 일어난다고?"

"아, 소은 쌤이 예약 도서 왔으니까 찾아가라고 하셨어요."

조금이라도 먹고 가라는 엄마의 말을 뒤로한 채 나는 내 방으로 향했다.

다음 날엔 아예 문을 닫을 때까지 도서관에서 시간을 보냈다. 암호를 연구할 시간을 낭비하고 싶지 않았다. 지금 내가 할 수 있는 건 그것밖에 없었다. 파란 나라의 비밀을 이대로 묻어 버릴 수는 없었다. 우렁이와 우주가 그런 식으로 사라져 버리게 할 수는 없었다.

우리○○○ ㅈ○○○○○ 아이다 엄마는 다○○○ 세상○○ ○○○다

아무리 고민해도 풀리지 않는 부분이 있었다. 새로운 암호는 그 어떤 것보다 길었다. 크리스마스 장식을 걸던 소은 쌤이 다가왔다.

"다음 주가 벌써 크리스마스네! 교장 선생님 생각이 나서 안

할까 하다가 걸어 봤어. 그분도 이걸 더 좋아하실 것 같아서."

"예뻐요."

난 건성으로 말했다.

"꿈 프로젝트 준비는 잘 되어 가?"

"네, 준비하고 있어요."

꿈 프로젝트 따위는 잊은 지 오래지만 나는 거짓말을 했다. 나는 큰 기대 없이 말했다.

"쌤, 안 그래도 꿈 프로젝트 준비 때문에 그런데요, 암호에 관한 책도 있어요?"

"지금 기억나는 오래된 책이 한 권이 있어. 그건 너무 오래되어서 보존 서가에 있는데, 찾아 줄까?"

소은 쌤은 잠시 뒤 창고에서 책을 한 권 가져다주었다. 책은 오래되었는지 표지가 너덜거릴 정도였다. '암호의 모든 것'이라고 적힌 표지를 넘기자 암호를 만드는 다양한 방법이 담긴 목차가 나왔다. 책을 넘기다가 유독 많이 본 티가 나는 곳으로 책장이 넘어갔다. 그 부분을 훑어보는데 가슴이 심하게 뛰었다. 보자마자 미로 쌤과 쌤의 친구가 이 책을 참고해서 암호를 만들었겠다는 걸 직감했다.

집으로 책을 빌려 온 나는 책에 나온 암호를 샅샅이 살펴봤다. 미로 쌤이 알려 준 암호와 일치하는 규칙을 찾아서 해석이 안 되던 문장을 며칠에 걸쳐 완성했다. 추모 행사 당일 아침이었다.

진실의 날

강당은 온새미로 중학교의 아이들과 선생님들, 부모님들로 가득 찼다. 크리스마스 파티를 맹렬하게 준비했던 흔적은 조금도 남지 않았다. 다만 강당 한편에 벽 그림이 붙어 있을 뿐이었다. 언덕에 올라가 아이들이 함께 그린 조각 그림이었다. 두 조각이 비어 있었다. 우렁이, 우주와 함께 사라져 버린 조각들이었다.

크리스마스 파티는 취소되었지만, 나의 꿈 프로젝트 발표는 그대로 진행하기로 했다. 꿈 프로젝트는 교장 선생님이 가장 중요하게 생각한 행사였기 때문이다.

미로 쌤이 무대 위로 올라갔다.

"여러분, 올해 크리스마스 파티가 취소되어서 많이 실망했을 겁니다. 여러분들이 수고해서 준비한 것을 잘 알고 있습니다. 다만 올해는 온새미로 학교에 슬픈 일이 있어서 추모 행사로 진행하고자 합니다. 올해 우리는 제 어머니이기도 한 교장 선생님을 잃었습니다. 마지막까지 온새미로 학교를 사랑하신 교장 선생님을 생각하며 잠시 묵념하겠습니다."

강당이 고요해졌다. 아이들은 눈을 감았다가 서로 눈치를 보면서 다시 떴다. 미로 쌤은 교장 선생님이 평생 온새미로에서 해 온 일들을 소개했다. 어린아이들을 위해 온새미로 마을을 만든 것, 처음으로 중학교를 만들기로 결정한 것도 교장 선생님의 노력이었다.

"올해의 마지막 꿈 발표가 남아 있습니다. 꿈 프로젝트는 교장 선생님이 직접 기획하신 프로그램이기도 합니다. 교장 선생님의 뜻을 기억하며, 올해의 마지막 발표를 들어 보려고 합니다. '경찰'이 꿈이라는 한파랑 학생을 모두 큰 박수로 맞아 주세요."

나는 박수를 받으며 강당에 올랐다. 크리스마스 파티는 취소되었지만 꿈 프로젝트는 그대로 진행된다는 걸 알았을 때, 나는 어쩌면 이게 기회가 될지도 모른다고 생각했다. 내 주머니에는 서른 개 남짓 되는 쪽지가 들어 있었다.

행사 날 새벽까지 나는 고민을 거듭했다. 진실을 밝히자는 다짐과 어른들에게 기회를 주자는 생각이 엎치락뒤치락했다. 하지만 암호를 풀고 집을 나올 때 즈음엔 내가 해야 할 일을 분명히 알 수 있었다.

무대에 올라 아이들을 바라봤다. 온새미로 학교의 아이들이 한눈에 보였다. 중간에 친구들과 떠들고 있거나, 부모님을 향해 손을 흔들고 있는 아이도 보였다. 분위기는 차분했지만, 겨울방학에 대한 기대감은 감출 수 없었다. 내가 알고 있는 진실을 밝힌다면, 어쩌면 저 아이들은 나를 비웃을지도 모른다. 어쩌면 한파랑이 미쳤다고, 경찰이나 탐정이 아니라 소설가가 꿈인 게 아니냐고 놀릴지도 모른다. 하지만 내 말이 사실이라는 걸 알고 나면, 웃을 수 있는 사람은 아무도 없을 것이다. 지금처럼 걱정 없이 겨울방학을 기대하며 신나게 웃을 수는 없을 것이다. 나는 입술을 한 번 축이고 발표를 시작했다.

"여러분 안녕하세요. 저는 한파랑입니다. 우선 말씀드리고 싶은 점은, 경찰은 멋진 직업이지만 제 꿈은 경찰이 아니라는 것입니다. 제 진짜 꿈은 따로 있습니다."

나는 목을 가다듬고 다시 말을 이어 나갔다.

"그동안 제가 탐정 꿈 프로젝트를 하면서 알아낸 것을 여러분들께 알려드리려고 합니다."

아이들이 웅성거리기 시작했다. 나는 주머니에 있는 쪽지를 꺼내 보였다.

"제 흰 상자에 대해서 아시는 분들도 많을 것입니다. 저는 자물쇠가 걸려 있는 상자에 고민을 넣으면 해결해 주겠다고 소문을 냈습니다. 그 누구에게도 털어놓을 수 없는 고민들을 들어 주고 싶었습니다. 파란 나라의 '탐정'으로서 말입니다."

아이들 사이에서 웃음이 터져 나왔다. 내가 하고 있는 게 엄청나게 재미있는 장난으로 보이는 모양이었다. 웃고 있는 아이들 사이에서 웃지 않는 세림이와 눈이 마주쳤다.

"파란 나라는, 그러니까 온새미로는 과연 우리가 살기 좋은 마을일까요? 그럴지도 모릅니다. 우리를 사랑하는 부모님과 선생님, 아늑한 집, 안전한 거리, 그리고 실컷 뛰어놀 수 있는 숲도 있습니다."

맨 앞줄에 있는 미로 쌤이 눈에 들어왔다. 선생님은 내게 무슨 말을 하고 싶은 듯 입을 달싹이고 있었다. 나는 애써 그 시선을 무시하며 말을 이어 나갔다.

"하지만 만약 여러분이 이곳에 갇혀 있는 거라고 해도, 여러분의 몸과 기억이 통제되고 있다고 해도 과연 파란 나라가 여전히 좋은 곳이라고 할 수 있을까요? 만약에 파란 나라가 감추고 있는 거대한 진실이 있다면요?"

아이들은 더 이상 웃지 않았다. 왜냐하면, 부모님들 중 한 분이 "무슨 소리를 하는 거야!" 하고 소리를 질렀기 때문이다. 미로 쌤이 다가왔다. 나를 말리려는 것 같았다. 마음이 급해졌다.

"부모님들, 아이들은 진실을 알 권리가 있어요. 제가 받은 이 쪽지들이, 이 세계가 완벽하지 않다는 걸 이미 알려 주었어요. 그러니까 부디, 아이들한테 진실을 말해 주세요!"

어른들 몇 명이 무대를 향해 다가왔다. 엄마와 아빠가 빠른 속도로 나에게 다가오고 있었다. 무대에 올라온 엄마가 마이크를 빼앗으려 했고, 나는 뺏기지 않으려고 안간힘을 썼다.

"놔요!"

"일단 엄마랑 밖으로 가자!"

"어차피 진실을 감출 생각이었잖아요. 우리는 모두 죽은 아이들이잖아요. 그리고 부모님들은 다른 세계에 있는 사람들이죠?"

누군가 비명을 질렀다. 주저앉은 어른들 몇몇이 눈에 들어왔다.

아빠가 나에게서 마이크를 뺏었다. 엄마는 내 양 어깨를 꽉 쥐었다. 어깨가 빠질 것처럼 아팠다. 미로 쌤이 엄마를 말렸다.

"파랑이 어머니, 파랑이를 놔주세요. 아파하잖아요."

엄마는 헛웃음을 지으며 뒤로 물러났다. 엄마가 미로 쌤을 향해 말했다.

"선생님이 이 모든 사건의 시작이군요! 역시 내 짐작이 맞았어."

"무슨 말씀이시죠?"

"선생님이 파란 나라 아이 1호잖아요. 근데 그거 아세요? 이제 선생님을 지켜 줄 교장 선생님은 안 계세요. 파란 나라에 부모가 없는 아이는 살 수 없어요. 그게 교장 선생님의 원칙이었죠."

나는 말없이 서 있는 선생님을 보았다. 미로 쌤은 어른이지만, 그 순간 아이처럼 보였다. 나는 소리를 질렀다.

"엄마, 선생님한테 그러지 말아요."

그때 선생님이 엄마한테 다가갔다.

"파랑이 어머니, 파랑이를 저처럼 키우실 건가요? 저처럼 불완전한 어른으로 키우고 싶으세요? 파랑이한테 그냥 진실을 알려 주세요. 파랑이는 강한 아이예요."

아빠도 거들었다.

"여보! 우리 다른 방법을 찾아보자."

"당신은 늘 우유부단하지! 그게 우리 모두를 위한 선택일 것 같아? 아니야. 진실을 다 아는 게 행복일 것 같아? 아니야!"

엄마는 거의 악을 쓰듯 말했다. 나는 엄마의 팔을 잡았다. 엄마가 나를 봐 주길 바랐다.

"엄마, 기억이 바뀌면 그건 더 이상 내가 아니에요."

"아니, 여전히 너야. 기억은 다시 쌓을 수 있어. 우리가 같이 있기만 하면."

아빠도 내 편에 섰다.

"그냥 진실을 이야기해 주자. 아이들도 이제 진실을 알 때가 되었어."

"말도 안 돼!"

둘은 악을 쓰듯이 서로에게 소리를 질렀다. 사람들이 그 자리에 있는 걸 잊은 듯했다. 그 모습을 보면서 갑자기 마음이 차분해졌다. 진실이 잡힐 것처럼 눈앞에 있는 느낌이었다. 나는 계속해서 머릿속에 맴돌던 말을 내뱉었다. 언제부터였을까. 마을 위원회에서 진실을 엿보았을 때부터, 그리고 교장 선생님이 사라지는 것을 보았을 때 이미 시작된 생각인지도 모른다.

"엄마 아빠, 그 노래의 마지막을 기억해요? 〈파란 나라〉 말이에요."

갑작스런 내 말에 엄마와 아빠가 말을 멈추고 나를 보았다.

"기억 안 나세요? 어린이 손에 주세요, 손, 하고 끝나잖아요."

그러고 싶지 않았지만 목소리가 떨려서 나왔다. 목을 계속 가다듬어야 했다.

"이제 여기를 우리한테 주세요. 두 분은 두 분의 나라로 가세요."

"말도 안 돼!"

엄마가 울부짖듯이 말했다.

"우리는 괜찮을 거예요. 여기서 태어났잖아요. 하지만 부모님들은 아니잖아요. 제 말이 맞죠?"

그때 굳은 듯 서 있던 엄마가 중얼거리듯이 말했다.

"기억을 모두 지울 거야. 그러면 돼."

그 말을 끝으로 엄마는 밖으로 뛰쳐나갔다. 아빠가 곧장 엄마 뒤를 따라갔다. 아빠가 나를 향해 외쳤다.

"집에 가 있어, 파랑아!"

행사장은 아수라장이 되었다. 부모님들이 자신의 아이를 데리고 서둘러 집으로 향했다. 정신을 차렸을 때 강당에는 나와 미로 쌤만 남아 있었다.

"선생님이 남긴 암호를 풀었어요."

선생님에게 말했다. 아침에 내가 풀어낸 암호는 두 가지였다.

'우리는 죽은 아이들이다.'

'엄마는 다른 세상에 산다.'

미로 쌤의 표정을 본 나는 암호를 제대로 풀었다는 걸 알 수 있었다. 선생님은 탄식했다.

"내가 너를 위험에 빠뜨렸구나."

미로 쌤의 얼굴이 후회로 물들었다.

"엄마의 몸이 사라진 뒤에 '비밀의 방'에서 몇 가지 자료를 빼냈어. 거기서 우리에 대한 자료를 봤어. 여기서 태어난 아이들 말이야. 우리는 죽은 아이들이었고, 여기서 부모님들에 의해 다시 태어났지. 자료를 보고 나니까 문득 기억이 지워질 수도 있다는 생각이 들었어. 그래서 생각나는 장소로 가서 정신없이 암호를 새겼단다. 거기가 하필이면 너의 아지트였고."

선생님이 말을 이었다.

"장례식을 치르고 이 진실은 너무 위험하다는 생각이 들었어. 그 진실로부터 널 보호해야겠다고 생각했지만, 늦은 뒤였어.

이미 새긴 걸 지울 방법은 없으니까. 그저 네가 아지트에 가지 않기만을 바랐지."

"아이들한테 말할 수밖에 없었어요. 저만 알고 있는 건 불공평하잖아요."

선생님은 고개를 끄덕였다. 미로 쌤이 자기 집으로 가자고 했지만, 나는 집으로 향했다. 부모님을 만나야 했다. 아빠를 만난 건 해가 질 때 즈음이었다. 아빠는 지쳐 보였다.

"엄마의 관리자 권한을 정지시켰어. 너희가 위험해질 일은 없을 거야."

일단 '삭제'될 위험은 넘겼다는 뜻이었다. 아빠의 말에 나는 소파에 주저앉듯이 앉았다. 나는 깨달았다. 아빠는 이제야 나에게 진실을 말해 줄 준비가 된 것 같았다.

"이게 아빠가 감추던 비밀인가요? 우리가 죽은 아이들이라는 거요."

"'다시 태어난' 아이들이야. 그리고 네가 들을 준비가 되면 얘기해 주려고 했어."

다시 태어났다는 것은 결국 죽은 적이 있다는 뜻이었다.

"이제 어쩔 셈이세요. 제가 진실을 알아 버렸잖아요."

아빠는 한참을 침묵했다. 어떻게 대답할지 고민하는 것 같았다.

"이 일에 대해서는 엄마와 아빠의 의견이 다르단다. 엄마 아빠는 좋은 짝꿍이지만, 모든 일에 대해서 의견이 같은 건 아니야. 난 네가 진실을 알아도 우리가 함께할 수 있다고 생각해. 하지만 엄마는 아니란다. 너희가 좀 더 크면 어른들끼리 다수결에 부치려고 했었어. 내 맘대로 할 수 있는 건 없어. 하지만 분명히 찬성하는 사람들이 많을 거라고 생각해. 그런데 이렇게 밝혀져 버렸구나. 최악의 방식으로."

"저한테 실망하셨어요? 제가 약속을 어겨서요."

나는 눈앞이 흐려지는 걸 느꼈다. 아빠는 고개를 세차게 저었다.

"그럴 리가. 정확히 그 반대란다. 네가 엄마와 나한테 실망할까 봐 두려워."

눈물이 결국 바닥으로 떨어졌다. 나라는 존재는 대체 무엇일까. 이 눈물은 진짜일까. 내가 존재하는 이곳은 대체 어디일까.

"저는 어떻게 죽었어요?"

아빠 목소리가 떨렸다.

"사고였어. 교통사고. 그 나라에는 차가 많았거든."

나는 고개를 끄덕였다.

"그럼 저는 어떻게 존재하는 거죠."

"그건 아주 긴 이야기란다. 다 설명하려면 시간이 걸릴 거야."

나는 손가락 열 개를 천천히 움직여보았다. 도무지 진짜가 아니라고는 생각할 수 없었다.

"너희의 존재는, 산타 할아버지 같은 거야. 믿으면 있고, 믿지 않으면 없는 그런 존재도 있는 거야. 중요한 건 엄마 아빠한테는 확실히 존재한다는 거야."

"그 아이는 어땠어요? 죽기 전의 저 말이에요."

내 말에 아빠가 성큼성큼 다가와 나를 꽉 끌어안았다.

"그 아이가 바로 너란다. 엄마 아빠한테는 같은 아이야."

아빠의 몸은 작게 떨리고 있었다. 이것보다 진짜인 세계는 없을 것만 같았다.

행사 다음 날부터 나는 학교에 가지 않았다. 학교는 문을 닫았고, 아빠는 지금 집 밖에 나가는 건 위험하다며 막았다. 다른 아이들도 사정은 비슷할 것이다.

아빠도 집에 있었다. 누군가와 화가 난 듯 통화를 하기도 했다. 결국은 집에 갇힌 채 크리스마스를 맞았다. 크리스마스에 눈은 오지 않았다. 흐리고 추울 뿐이었다.

크리스마스 저녁, 아빠는 집 앞 언덕에 가자고 했다. 내키지 않았지만, 답답하기도 해서 아빠를 따라나섰다. 우리는 말없이 언덕에 올라서 자주 앉던 벤치에 앉아 파란 나라를 내려다봤다. 하늘은 노을로 가득했다. 하지만 그 와중에도 희미한 파란색은 노을빛에 묻히지 않고 남아 있었다.

"파란 나라의 비밀을 하나 더 알려 줄까?"

아빠가 말했다.

"파란 나라가 된 이유가 너 때문이라고 한 거 기억나?"

나는 순간, 아빠가 하려는 말을 깨달았다.

"혹시, 그거 정말이에요?"

아빠는 고개를 끄덕였다. 아빠는 한쪽 눈을 찡긋하며 말했다.

"파란색 필터를 썼거든. 파란색을 마을에 살짝 입혔다고 생각하면 돼. 우리끼리의 비밀로 남겨 두자. 낭만적인 비밀."

나는 파란빛이 드리워진 풍경을 다시 보았다. 아빠가 나를 위해 만들었다고 생각하니까 다르게 보였다.

"줄곧 궁금했던 게 있어요. 엄마가 왜 그랬을까요? 내 기억을 지울 수도 있는데."

그건 내가 줄곧 가져온 질문이었다. 내 기억이 하나도 훼손되지 않았다는 보장은 없지만, 적어도 파란 나라에 대한 중요한 단서들을 나는 선명하게 기억하고 있었다. 엄마라면 내 기억을 제일 먼저 지울 수도 있었을 텐데 말이다.

"너희 엄마는 오류를 두려워했어. 최근의 기억부터 섣부르게 지우면 분명히 문제가 생길 거라고 생각했지. 엄마는 기억의 순서대로 검토해야 한다고 했어. 네가 만난 아이들의 기억까지도 검토해야 한다고. 그건 불가능한 일이라고 했지만, 엄만 지나치리만큼 그 일에 매달렸단다."

나는 엄마가 작업실에서 좀처럼 나오지 않았던 걸 떠올렸다.

"네가 기차역으로 도망친 이후, 엄마는 그 일에 거의 중독된 듯이 보였어. 엄마는 무서웠던 거야. 너를 또 잃을까 봐."

"대체 얼마나 많은 기억을 지우신 거예요?"

내 목소리에 담긴 원망이 느껴졌는지 아빠가 고개를 숙였다.

"그 점은 사과해야겠구나. 하지만 이건 알아 다오. 파란 나라는 그렇게 단순하지 않단다. 교장 선생님이 처음 이곳을 만들 때 가장 중요하게 생각한 게 뭔지 아니?"

나는 고개를 저었다. 머리를 써서 대답하기엔 너무 지쳤다.

"저쪽 세상과 최대한 비슷해야 한다는 거야. 심지어 결핍까지도."

아빠의 설명에 따르면 부모님들이 우리를 설정하거나 기억을 삭제할 수 있도록 결정하는 과정은 아주 까다로웠다고 한다. 우리의 사생활을 고려해서 우리를 엿보는 장치도 최소화했다.

"너희는 점점 비밀이 많아지겠지. 그 비밀까지 지켜 주고 싶었어. 저쪽 세계의 부모들이 그렇게 하듯이. 부모들도 결핍을 갖게 하는 게 돌아가신 교장 선생님의 원칙이었어. 지나치게 엄격한 부분도 있었지만, 파란 나라의 부모들은 그 점만큼은 존중해 왔어. 사실 그건, 우리를 위한 법칙이기도 했어. 만약 모든 걸 볼 수 있게 되어 버리면, 우리도 이 세상을 인정할 수 없을 테니까. 결국은 그게 파란 나라를 지탱해 줄 거라고 믿었지."

아빠가 나를 바라보는 표정에 간절함과 미안함이 교차했다. 아빠가 말을 이었다.

"엄마 아빠는 너를 사랑해."

"하지만 사랑만으로는 충분하지 않아요."

아빠는 한동안 할 말을 잃은 듯 나를 보았다.

"아빠, 내가 사라졌을 때, 그러니까 죽었을 때요. 많이 슬펐어요?"

"그래. 세상을 다 잃은 것 같았지. 네 엄마랑 나는 거의 제정신이 아니었어. 정말 그랬어. 그래서 이 세상을 찾은 거야. 널 다시 만나기 위해서."

키가 큰 편인 아빠가 며칠 새 작아진 느낌이었다.

"파랑아, 너희 엄마랑 나는 서로 사랑하지만, 중요한 의사 결정은 엇갈릴 때가 많았단다. 하지만 단 한 번 우리가 의견이 통한 적이 있는데, 그게 바로 너를 되살리자는 거였어."

해가 져서 깜깜해진 언덕을 내려왔다. 엄마는 지금쯤 다른 세상에서 무얼 하고 있을까.

"엄마가 돌아오실까요?"

"돌아올 거야. 네가 여기 있잖니."

엄마의 일기장이 떠올랐다. 내가 죽은 날부터 엄마의 일기장은 멈췄을 것이다. 아빠가 말했다.

"내일 다시 위원회가 열릴 거야. 투표를 할 거야."

"우리의 기억은 지워지나요? 아니면 우리가 삭제될까요?"

"파랑아. 아빠는 가만히 있지 않을 거야. 너희는 이미 진실을 알 만큼 컸고, 어쩌면 이게 기회일지도 몰라."

아빠의 얼굴이 파란빛을 띤 석양에 물들어 있었다. 나는 더 일찍 아이들에게 진실을 알리지 못한 이유를 깨달았다. 사실 나는 부모님을 잃을까 봐 두려웠던 것이다. 나를 위해 파란색 필터를 끼우고, 나를 위해 마을을 계속 바꿔 나가고, 내 기억까지도 완전무결하게 만들고 싶어 할 만큼 나를 사랑하는, 그 두 분을 잃기 싫었던 것이다.

최초의 기억

다음 날, 오랜만에 학교로 향했다. 평소 마을 위원회 날처럼 아이들끼리 학교에 남아 어른들을 기다렸다. 선생님들이 우리와 함께 있었지만 그중 미로 쌤은 어디에도 보이지 않았다.

우리는 예전처럼 간식을 먹지도 놀지도 않았다. 아이들은 내 주변에 모여들었고, 질문이 쏟아졌다.

"우리가 죽었다는 거 사실이야?"

"부모님들은 다른 세상에 사는 게 맞아?"

"그럼 어떻게 되는 거야? 기억이 계속 지워지는 거야?"

"부모님들이 떠날 수도 있어? 네가 그날 말했잖아. 부모님들의 세상으로 가라고."

누군가 울기 시작했다.

"말도 안 돼. 난, 엄마 없이는 살 수가 없어."

다른 아이들도 겁을 먹은 얼굴이었다.

"이런 진실은 알고 싶지 않았어."

재이가 말하자 재오가 고개를 끄덕였다. 나는 한마디도 할 수 없었다. 누군가 내 어깨에 손을 올렸다. 세림이었다.

"그럼 너희는 이렇게 맘대로 기억이 지워지고, 멋대로 어른들이 우리를 바꾸어도 괜찮아?"

세림이 말했다.

"우리가 공연 연습했던 거, 초등학교 5학년 때 달리기 연습해서 6학년 언니 오빠들을 이겼던 거, 숲에서 캠핑한 기억, 그런 기억을 잊어도 상관없어?"

아무도 입을 열지 않았다. 세림이가 다시 말했다.

"나도 엄마 아빠 없이 살고 싶지는 않아. 하지만 부모님들이 우리를 맘대로 조정하는 것도 싫어. 진실은 언젠가는 밝혀졌을 거야."

세림이의 말에 누군가 거들었다.

"맞아. 솔직히 나는 여기가 어딘가 이상하다고 느껴 왔어."

몇몇이 고개를 끄덕였다. 세림이의 응원에 나는 겨우 입을 뗄 수 있었다.

"우령이는… 파란 나라에서 '삭제'되었어. 우주는 파란 나라에서 도망가려고 했어. 너희도 모두 알고 있는 이유로 말이야. 파란 나라는 우리가 살기에 좋은 곳일지도 몰라. 하지만 모두에게 좋은 곳은 아니야."

나는 조심스럽게 말했다.

"아빠가 아침에 약속했어. 우리를 삭제하는 일은 막을 거라고."

아이들이 안도했다. 부모님들이 우리를 삭제할 리는 없었다. 그분들은 우리를 사랑했다. 최악의 시나리오는 기억이 모두 사라지는 것이다. 그건 끔찍한 일이지만, 어차피 우리는 기억을 못 하니까 다시 살아가게 될 것이다. 우령이와 우주에 대한 기억을 잃는 게 두려워 나는 그 아이들을 떠올리고 또 떠올렸다.

부모님들이 돌아오길 기다리며 그동안 일어났던 일들을 아이들에게 알려 줬다. 미로 쌤과의 일도, 그리고 우주와 회의를 엿들었던 일도 말이다. 아이들은 우리가 처한 상황도 잊고 이야기를 들었다. 우주와 내가 기차를 타던 장면에서 우는 아이도 있었다.

시간이 얼마나 흘렀을까. 부모님들이 돌아오는 소리가 들렸다. 아이들은 자리에서 일어났다. 부모님들의 발소리가 커졌다. 어딘지 긴박한 소리였다. 부모님들이 강당으로 들어왔다. 그들은 분주하게 아이를 찾으며 달려오고 있었다. 나는 달려오는 아빠를 발견했다. 엄마는 보이지 않았다.

내가 아빠를 발견한 순간, 날카로운 비명이 들려왔다. 사람들의 시선이 한곳으로 몰렸다. 한 아이가 쓰러져 있는 게 보였다. 그리고 여기저기서 아이들이 쓰러지기 시작했다. 부모님들이 자신의 아이를 안고 흔들었다. 소리를 질러 댔다. 강당은 순식간에 아수라장이 되었다.

"파랑아! 파랑아!"

나를 향해 올라오는 아빠의 상기된 얼굴이 보였다.

"미안해. 아빠가 막지 못했어. 엄마가 초기화를 시작했어."

"누구를요?"

"모두를! 교장 선생님의 권한이 살아 있었어. 엄마가 교장 선생님 정보로 접속을 했어."

나는 강당을 둘러보았다. 눈을 뜨지 않는 아이들을 붙잡고 엄마 아빠들이 미친 사람처럼 울부짖는 것을 보았다. 그리고 그 일은 곧 나에게도 일어났다.

"파랑아, 미안해. 사랑한다. 사랑해."

아빠의 목소리가 희미하게 들렸다.

예전에 최초의 기억이 무엇인지 아이들과 이야기한 적이 있다. 누구는 여섯 살 때의 일을 기억했고, 누구는 세 살 때의 일을 기억한다고 주장했다. 하지만 나는 그 이전의 기억들을 떠올렸다. 차마 존재하는지도 몰랐던 기억들이 나를 스쳤다.

기억 속의 나는 친구들하고 달리기 시합을 한다. 출발 신호를 기다리며 손끝이 찌릿할 정도로 떨려 온다. 몸은 자꾸 신호를 무시하고 앞으로 튀어나갈 것만 같다. 이내 들려온 출발 신호에 나는 숨이 막히도록 뛰고 또 뛴다. 가장 잘 뛰는 친구를 제치고 나는 1등으로 나아간다. 빨리 나가고 싶은 마음에 다리보다 가슴이 자꾸만 앞으로 나아간다. 흰 결승선을 통과하고 나서야 나는 안도하며 시원한 바람을 느낀다. 결승선을 통과하고도 속력을 줄이지 못해 한참을 더 뛰었던, 그 기억이 삭제된다.

또 다른 기억 속에서 나는 여섯 살 즈음이다. 파란 나라에 살기 전, 엄마와 길을 걷다가 집 없이 길거리에서 사는 사람을 본다. 시큼한 냄새와 지저분한 행색에 공포를 느낀다. 나는 그 사람에게서 도망가기 위해 아무 곳이나 걷다가 길을 잃어버린다. 그리고 어느 골목에선가 땀으로 범벅이 된 엄마가 나를 발견하고 달려온다. 엄마의 품에서 나는 안전해졌음을 느낀다. 그 기억 또한 삭제된다.

기억은 더 거슬러 올라간다. 나는 아주 어린 아기다. 걷고 싶지만, 몸이 자꾸 허물어진다. 다리에 힘을 주며 다리를 내딛고, 또 내딛는다. 자꾸만 실패하지만, 자꾸만 또 하고 싶어진다. 그리고 결국 첫발을 내딛는 데 성공한다. 몸을 기우뚱거리며 한 걸음,

또 한 걸음. 어디선가 달려 나온 엄마와 아빠가 함박웃음을 지으며 나를 안는다. 그 기억도 이제는 사라진다.

나는 거기서 더 어려진다. 이제 스스로 걷지도, 말하지도 못한다. 엄마는 나를 안고, 아빠는 소리가 나는 장난감을 흔든다. 나는 이런저런 자극에 정신이 없다. 하지만 나를 가장 기분 좋게 하는 건 노랫소리다. 엄마가 노래를 부른다.

'파란 나라를 보았니, 꿈과 사랑이 가득한…'

엄마가 내 볼을 문지른다. 나는 그 촉감이 좋아서 떨어지고 싶지 않다. 엄마의 몸이 내 몸처럼 느껴져서 떨어지고 싶지 않다. 엄마가 말한다.

"사랑해, 아가야. 사랑해."

나는 자고 싶지 않지만, 엄마의 목소리를 들으면서 참을 수 없이 잠이 온다. 엄마는 잠이 드는 내 귓가에 속삭인다. 지구만큼 사랑해. 태양만큼 사랑해. 우주만큼 사랑해. 그 모든 걸 합친 것보다 더 사랑해.

아마도 그것이 나의 첫 기억이다. 그리고… 그 기억도 삭제되고 만다.

1년 뒤

잠에서 깼다. 아래층으로 내려간 나는 평소대로 시리얼을 한 그릇 먹고 학교 갈 준비를 마쳤다.

"다녀오겠습니다."

책상 위에 놓인 가족사진을 향해 인사했다. 돌아오는 대답은 없었다.

집 밖으로 나가니까 바람이 찼다. 파란 나라의 사계절이 돌아다시 겨울이 되었다. 나는 이제 열다섯 살이다. 그리고 내일은 크리스마스다.

"야, 한파랑!"

학교에 들어서는데 돌멩이가 날아와 몸에 부딪혔다. 뾰족한 부분에 찍혔는지 피가 묻어났다. 나 역시 돌을 던지려다가 내려놓았다. 상대는 혼자가 아니었다. 언제부터인가 수업에 더 이상 나오지 않는 아이들이었다.

"네가 우리 엄마 없앴으니까 네가 크리스마스 선물 줘야지. 안 그래?"

"우리 집 와서 엄마 아빠 노릇 좀 하든가."

나는 대꾸하지 않고 학교로 향했다. 교실 앞에서 만난 세림이 는 피를 흘리는 나를 보고 알 만하다는 얼굴을 했다.

"이번엔 어떤 놈이야?"

"됐어."

대강 대꾸하며 교실로 들어갔다. 자리에 앉자마자 엎드렸다. 세림이가 내 얼굴을 들게 하더니 가방에 있는 수건을 내밀었다. 세림이는 수수한 잿빛 스웨터와 청바지 차림이었다. 이제 세림 이는 예전에 입던 선명한 원색의 옷을 입고 학교에 오는 일이 없 었다. 하지만 나는 본 적이 있었다. 엄마의 것이 분명한 원색의 옷을 입고 인적이 드문 숲을 하염없이 걷는 그 애의 모습을. 어 쩔 수 없는 일이었다고 씩씩한 척을 했던 세림이가 떠올라 나는 보고도 못 본 척했다. 세림이가 그런 방식으로 엄마에 대한 그리 움을 버티고 있다는 것을 나는 절대 아는 척할 수 없었다.

1년 전 삭제되었던 우리는 3일 뒤 다시 깨어났다. 우리는 다 시 살아났다. 더 이상 부모님이 없는 파란 나라에. 학교도 집도 상점들도 모두 그대로였다. 부모님들만 파란 나라에서 사라졌다. 그리고 아빠가 며칠 뒤 집에 나타났다.

엄마가 파란 나라 밖으로 나간 뒤 불안했던 아빠는 파란 나라의 모든 정보를 며칠에 걸쳐 백업해 두었다. 우리가 초기화되자 저장해 둔 정보로 3일 만에 이 세상을 복원했다는 게 아빠의 설명이었다.

"그런데 왜 부모님들은 여기 없는 거죠?"

아빠는 곤란한 듯이 말했다.

"부모님들은 이 세계를 모른단다. 그들은 다른 온새미로에 있어."

"그 말은 그곳에도 저희가 있다는 건가요?"

"그래. 기억이 완전 삭제된 너희가 저 세계에 있어. 그게 부모님들이 올 수 없는 이유란다."

아빠는 엄청난 비밀을 만들었다. 복사된 두 개의 세상을 알고 있는 건 이제 아빠와 나뿐이었다.

"솔직히 잘한 짓인지 모르겠구나. 엄청난 실수를 한 걸지도 모르겠지만 그럴 수밖에 없었어."

부모님들이 사라졌다는 게 밝혀지자, 아이들은 혼란에 빠졌다. 더 이상 엄마와 아빠를 만날 수 없다는 충격을 되는대로 물건을 부수거나 다른 아이들을 괴롭히는 방식으로 표출하는 아이들도 생겨났다. 학교에 오는 아이들은 작년의 절반도 되지 않았다. 그나마 아이들이 학교에 나오는 건 누군가를 만나기 위해서였다. 개중에는 언제든 삭제가 될 수 있는 예전 파란 나라보다 지금이 더 낫다고 생각하는 아이도 소수 있었다. 하지만 그야말로 소수였다.

선생님들은 몇몇만 빼고는 자리를 지켰다. 선생님들은 아이들을 지키려는 사명으로 똘똘 뭉쳐서 아이들을 보호하려고 애썼다. 그렇게 하도록 만들어진 사람들이었다. 선생님을 부모님 대신으로 생각하는 아이들도 생겨났다. 우리에게는 어른이 필요했다.

어쨌든 부모님들이 없어도 하루하루는 흘러갔다. 아빠가 아이들의 생존이 가능하도록 설계해 놓은 덕분에 기본적인 의식주 걱정은 하지 않아도 됐다.

교실로 우주가 들어왔다. 우주도 삭제된 지 얼마 되지 않은 덕분에 복구될 수 있었다. 파란 나라로 돌아온 우주가 들려준 이야기는 내 예상과 비슷했다. 기차가 출발하자마자 잠이 쏟아졌고 깨어 보니까 기차 안에 엄마와 아빠가 있었다고 했다. 부모님과 무슨 대화를 나눴냐는 질문에 우주는 입술을 비틀었다.

"마지막 인사를 하러 왔다고 하더라."

"뭐라고 했어?"

"사랑한대."

우주는 기가 막힌다는 듯이 말했다.

"이번에는 제대로 사랑해 주고 싶었대."

"…."

"미친 사람들."

그 얘기를 할 때 우주의 입술은 여전히 비틀려 있었지만, 눈은 눈물로 찼다.

그리고 우주는 기차 안에서 '삭제'되고 말았다. 우주에게 주어진 다른 마을 따위는 애초부터 없었다.

"크리스마스 때 무슨 계획 있어?"

수업이 끝나고 학교를 나오며 우주가 물었다. 나는 고개를 저었다. 이제 크리스마스는 파란 나라에서 기쁜 날이 아니었다. 다만, 꼭 만나기로 마음을 먹은 사람이 있었다. 우주가 주저하듯 말했다.

"미로 쌤한테 가지 않을래? 선생님이, 널 기다리셔."

나는 대답하지 않았다.

"네 얘기 전해 드리는 것도 너무 귀찮아. 한 번은 간다고 약속해. 알았지?"

"안 그래도 오늘 가 볼까 했어."

내 말에 우주는 만족한 듯 보였다. 우주와 헤어져 나는 도서관으로 향했다. 날이 흐리고 추웠다. 도서관으로 가는 길에 하늘을 나는 파랑새를 봤다. 아빠의 설명에 따르면 그건 초기 설정 중 하나였다고 한다. 현실에는 없는 새라는 점 때문에 삭제했는데 어쩐지 일부는 남아서 가끔 발견되곤 했다. 마치 오류처럼 파란 나라에 남은 우리와 같았다.

아빠를 마지막으로 본 지도 거의 1년이 다 되어 갔다. 마지막으로 만났을 때, 나는 아빠에게 더 이상 이곳에 오지 말라고 했다. 많은 아이들이 나 때문에 부모님들이 사라졌다고 생각했다. 완전한 거짓이 아니었기 때문에 나는 부인하지 않았다. 길을 걸을 때, 학교에서, 심지어 집에 혼자 있을 때도 여기저기서 돌이나 물건이 날아오는 일이 잦았다. 책상을 발로 차거나, 대놓고 욕을 하는 아이들도 있었다. 울면서 부모님들을 되돌려 달라고, 되돌릴 수 있는 방법을 숨기는 거 아니냐며 사정을 하는 아이도 있었다. 부모님을 그리워하는 아이들을 보면서 아빠를 주기적으로 만나는 건 비겁한 일이었다. 내가 더 이상 찾아오지 말라고 했을 때 아빠는 이해한다는 얼굴이었다.

마지막으로 아빠를 봤을 때 물었다.

"엄마는 잘 지내세요?"

아빠는 힘겹게 대답했다.

"응."

날 보고 싶어 하시냐고, 물어볼 수 없었다. 왜냐하면 엄마는

'나'와 있으니까. 여기 있는 '나'는 없는 존재와 같았다. 차라리 죽어 버린 최초의 내가 부러울 지경이었다. 엄마는 적어도 가끔은 첫 번째 '나'를 그리워할 것이다.

가끔 엄마 아빠들이 살고 있는 나라에 대해서 생각했다. 그곳은 무슨 색깔일까. 이곳처럼 파란색이 드리워져 있을까. 나와 똑같이 생긴, '나'이지만 내가 아닌 아이가, 부모님과 살아가고 있다. 아빠가 만든 음식에 불평을 하고, 엄마에게 뇌 모형에 대한 설명을 수시로 들으며 살아가고 있겠지. 그 아이에게 질투가 났다.

아빠는 떠나기 전에 선물을 하나 남겼다. 아주 중요할 때만 열어 보라고 '비밀의 방' 열쇠를 주며 떠났다. 방 안에 있는 상자에는 파란 나라에 대한 중요한 정보들이 모여 있었다. 우리가 죽은 이유도 그 안에 있었다.

내가 죽은 건 음주 운전 차량에 치였기 때문이었다. 우주는 갑작스런 심장마비로 죽었다. 세림이는 바다에 놀러 갔다가 물에 빠졌다. 재인이와 재오는 화재로 함께 죽었다. 우령이의 사인은 유전병이었다. 우령이의 동생도 우령이처럼 아플까 봐 걱정한 끝에 우령이의 부모님이 파란 나라를 떠났다는 사실도 알 수 있었다. 저쪽 세상의 살아 있는 아이를 선택한 것이다. 다행히 우령이의 동생은 유전병을 물려받지 않고 건강도 회복했다는 이야기를 아빠가 전해 주었다. 아빠는 우렁이의 부모님과 계속 연락을 주고받는 모양이었다.

우리가 어떻게 '다시 태어날 수' 있었는지에 대한 자료도 있었다. 우리는 죽기 전에 뇌가 스캔되어 있던 아이들이었다. 비극적인 사고나 병으로 죽은 다음, 스캔된 뇌 지도를 바탕으로 가상의 공간에 만들어진 존재들이 바로 우리였다. 그러니까 우리는 죽지 않았다면 이렇게 성장했을 거라고 예상되는 방향으로 자라났다. 하지만 그렇다고 해서 우리가 진짜 부모님들의 자식이라고 할 수 있을까. 나는 딱 한 번 자료를 보고는 다시 문을 잠갔다. 그 뒤로는 보지 않기로 결심했다.

도서관에 도착해 여전히 책에 파묻혀 있는 소은 쌤을 발견했다.

파란 나라에 남겨진 어른들도 변화를 겪었다. 소은 쌤은 가장 바빠진 사람 중 하나였다. 도서 선택의 권한이 열려 다른 세상에 있는 책들을 무한대에 가깝게 열람할 수 있게 되었다. 내 인기척을 들은 소은 쌤이 나를 반갑게 맞아 주었다.

"파랑아, 메리 크리스마스!"

변한 게 없이 행복해 보이는 소은 쌤의 모습은 기이한 방식으로 나에게 안정감을 주었다. 소은 쌤이 내준 차를 마시며 이런저런 책 얘기를 했다. 소은 쌤이 일부러 엄마 아빠의 이야기를 피해 간다는 느낌이 들었다.

"그런데 쌤은 다른 거 해 보고 싶지 않으세요? 사서 말고요."

내 질문에 소은 쌤은 찻잔을 감싸 쥐며 미소를 지었다.

"만약에 그들이 나를 '설정'했다면 말이야. 난 그 '설정'이 맘에 들어."

"자신의 의지가 아닌데도요?"

"난 여기가 좋아. 설정은 그들의 몫이지만 행복은 내 몫이야. 물론 고통도 말이야. 그걸 감당해 보려고 해."

확실히 소은 쌤은 도서관과 잘 어울렸다.

"행복하시다니 다행이에요."

나는 진심을 담아 말했다.

아빠가 남긴 자료를 보고 파란 나라를 위해 만들어진 어른들이 있다는 걸 알게 되었다. 소은 쌤이나 학교 선생님들처럼 말이다. 그들은 대부분 파란 나라에서 원래 하던 일을 하면서 살아갔다. 하지만 다른 선택을 한 사람들도 있었다. 주어진 설정을 벗어난 사람들, 그중 한 명이 미로 쌤이었다. 쌤은 더 이상 학교에 오지 않았다. 우주의 말에 따르면, 집 안에 틀어박혀 종일 수학 증명 문제를 들여다보면서 하루를 보낸다고 했다.

우리가 복구된 이후 다시 만난 미로 쌤은 엄마가 우리를 삭제할 수 있었던 이유가 자신 때문이었다고 고백했다. '비밀의 방'

에서 발견한 교장 선생님의 접속 아이디와 비밀번호를 엄마에게 건넨 사람이 바로 미로 쌤이었다. 엄마는 바깥 세상에 있는 교장 선생님의 집으로 가서 로그인을 했다. 아직 삭제되지 않은 관리자 권한으로 파란 나라의 모든 아이들을 삭제했던 것이다. 하지만 아빠가 우리를 백업해 두었을 가능성은 생각하지 못했다.

왜 그랬냐고 따져 묻는 나에게 쌤은 말했다.

"너희가 부모님과 함께 있을 권리를 지켜 주고 싶었어."

누구보다도 우리를 지켜 줄 것 같았던 선생님이 결국 우리를 초기화하게 만들었다는 게 믿기지 않았다. 내가 지난 1년 동안 선생님을 찾아가지 않은 것도 그 배신감 때문이었다.

소은 쌤과 나눈 '설정' 이야기를 생각하면서 걷다 보니까 미로 쌤의 집 앞이었다. 문을 두드리고 나서 한참이 지나서야 선생님은 문을 열어 주었다. 선생님의 긴 머리카락과 낡은 스웨터에서 시간의 흐름이 느껴졌다. 나의 갑작스런 방문에 선생님은 당황한 듯 보였다.

"파랑이 왔구나. 들어오렴."

선생님은 허둥대면서 테이블을 치웠다. 그러고는 부엌에서 오렌지 주스를 내왔다. 처음으로 초대받은 날에도 오렌지 주스를 마셨다. 문득, 선생님의 집에는 오렌지 주스가 일종의 설정으로 주어지는 게 아닐까 하는 생각이 들었다.

"그냥, 선생님 어떻게 지내시는지 궁금해서 왔어요. 여쭤볼 것도 있고요."

"그래. 잘 왔어. 기분은 어떠니? 잘 지내니?"

"잘 지내요."

선생님의 시선이 내 상처로 향하는 걸 느끼면서 말했다. 세림이와 우주가 반창고를 붙여 주었지만, 그래서 더 상처가 눈에 띄는 것 같았다.

"다른 아이들은 어때?"

"적응한 아이들도 있고요, 아직 힘든 아이들도 있어요."

어색한 침묵이 흘렀다. 선생님이 주스 잔을 만지작거리며 말했다.

"네가 나한테 많이 화가 난 거 알아."

"그랬어요. 그런데 요새는 선생님의 생각을 좀 알 것도 같아요."

나는 부모님을 잃고 괴로워하는 아이들을 떠올렸다. 그 아이들에 대한 죄책감으로 내 선택을 후회한 적도 많았다.

"사실 선생님을 원망한 건, 제가 잘못된 선택을 한 거라는 생각을 지울 수가 없어서였어요. 선생님의 결정이 옳았다는 걸 인정해 버리면, 죄책감이 더 커질 테니까요."

"네 선택은 틀리지 않았어."

선생님은 목소리에 힘을 줘서 말했다.

"잠깐 산책할래?"

우리는 밖으로 나왔다. 앙상한 겨울 숲을 바라보며 선생님이 말했다.

"우리 엄마랑 너희 부모님이 왜 도로와 차를 없앴는지 알 것 같아."

"왜요?"

"차 때문에 죽었잖아. 너랑 나."

그러고 보니 선생님의 사인도 교통사고였다.

"재밌지 않니? '진짜' 세상처럼 만들려고 그렇게 애썼으면서 자기가 싫어하는 건 빼 버렸다는 게."

나는 그 말에 진심으로 웃음을 터뜨렸다. 이제 우리의 죽음으로 농담도 할 수 있게 되었다는 게, 나쁘지 않았다.

"한 가지 고백할 게 있어. 그때 나는 교장 선생님의 접속 권한을 너희 엄마에게 넘기는 대신 한 가지 조건을 걸었어."

"그게 뭔데요?"

"나를 파란 나라에서 영구 삭제하는 것."

상상도 해 본 적이 없는 이야기였다. 미로 쌤은 자신을 영원히 삭제하는 조건으로 우리를 초기화하도록 엄마와 거래를 한 것이다.

"대체 왜요?"

"글쎄, 나는 이 나라에서 엄마의 딸로 태어났고, 이제 엄마가 돌아가셨으니 존재 이유가 다했다는 생각이 들더구나. 나약한 생각일지 몰라도 말이야. 그래서 너희에게는 다른 마을로 전근을 갔다고 얘기하고 복구하지 말아 달라고 요청한 거야."

"지금도 그렇게 생각하세요?"

"…아니. 사라지지 않아서 다행이라고 생각해."

미로 쌤은 잠시 생각하는 듯하더니 말을 이었다.

"내가 수학을 좋아하는 건 확실한 세상 속에 있고 싶어서 그런 거였어. 그런데 말이야. 어지러운 수학 증명의 과정을 따라가면서 그런 생각이 문득 들더구나. 내가 수학을 좋아한 건 어쩌면 확실해서가 아니라, 복잡하고 어려워서 그런 것 같다고. 그게 삶하고 닮아 있으니까."

미로 쌤이 내 눈을 똑바로 바라보았다.

"우리는 '증명'할 수 없는 존재들이지. 하지만 우리는 여전히 여기에 있어. 그러니까 각자 이 문제를 나름대로 열심히 풀어 나가면 좋겠어. 네 덕분에 이런 삶을 누릴 수 있어서 얼마나 고마운지 몰라."

"우주랑 내일 놀러 와도 될까요?"

뜬금없는 내 질문에 선생님은 웃었다.

"얼마든지!"

다음 날 아침, 크리스마스였다. 전날에는 날씨가 희뿌옇더니 창밖에 눈이 오고 있었다. 지난해 내가 그토록 바랐던, 눈이 오는 크리스마스였다. 나는 크리스마스 선물로 눈이 내리게 하고 싶어 했던 아빠를 떠올렸다. 마치 아빠의 선물 같았다. 하지만 초인종 소리에 문을 열었을 때 진짜 크리스마스 선물은 따로 있다는 걸 깨달았다.

우렁이가 거짓말처럼 문 앞에 서 있었다. 나는 그 애를 덥석 안아 버렸다.

"숨막혀. 너 왜 그래?"

나는 영원히 풀지 않을 것처럼 우렁이를 껴안았다. 우렁이는 내 표정에서 심상치 않다는 걸 느꼈는지 가만히 내 품에 안겨 있었다.

"근데 우리 엄마 아빠는 어디 가셨는지 알아? 집이 좀 이상해."

나는 어떤 대답을 해야 할지 몰라 그 애의 얼굴을 바라보기만 했다. 우렁이가 내 눈치를 보면서 말했다.

"마을이 좀 바뀐 거 같아. 오늘은 대체 몇 월 며칠이지? 내가 파란 나라에 온 지 얼마나 되었더라?"

그 애는 모르는 게 많은 듯했다. 하지만 괜찮았다. 내가 천천히 알려 주면 되니까. 나는 그 애의 옷에서 눈을 털어 주며 말했다.

"부모님 얘기는 천천히 해 줄게. 그보다도 너 혹시 이 노래 기억나니? 우리가 예전에 자주 불렀던 노래인데."

나는 우렁이의 손을 잡고 목을 가다듬었다. 우렁이는 영문을 모르겠다는 표정이었다. 나는 그 애를 눈을 바라보면서 노래를 부르기 시작했다.

"이건 이렇게 시작하는 노래야. 파란 나라를 보았니. 꿈과 사랑이 가득한…."

파란 나라를 보았니 꿈과 사랑이 가득한
파란 나라를 보았니 천사들이 사는 나라
파란 나라를 보았니 맑은 강물이 흐르는
파란 나라를 보았니 울타리가 없는 나라

난 찌루 찌루의 파랑새를 알아요
난 안델센도 알고요
저 무지개 넘어 파란 나라 있나요
저 파란 하늘 끝에 거기 있나요
동화책 속에 있고 텔레비전에 있고
아빠의 꿈에 엄마의 눈 속에 언제나 있는 나라
아무리 봐도 없고 아는 사람도 없어
누구나 한번 가 보고 싶어서 생각만 하는 나라
우리가 한번 해 봐요 온 세상 모두 손잡고
새파란 마음 한마음 새파란 나라 지어요
우리 손으로 지어요 어린이 손에 주세요 손

〈파란 나라〉, 지명길 작사, 김명곤 작곡, 혜은이 노래, 1985.

맨 처음 이야기를 지어냈던 때가 생각난다. 초등학생 때 부모님께 혼나고 억울한 마음이 들었던 나는 노트에 이렇게 썼다.

"○○는 버림받은 아이였다."

그러자 신기한 일이 일어났다. 내 슬픔이 그 애에게 옮겨 갔다. 나는 내친김에 그 아이에게 각종 고난을 선사했다. 가지고 있던 약간의 돈마저 잃어버리고, 친구들도 떠나고, 게다가 사건의 가해자로 억울하게 지목되어… 그 아이가 처한 상황이 슬퍼서 나는 엉엉 울고 말았다. 내가 만들어 낸 아이일 뿐인데 말이다.

글을 쓰는 순간, 내가 느낀 '버림받은 기분'은 더 이상 나만의 것이 아니었다. 내 안에서 맴돌던 감정이 밖을 향하며 비로소 나는 가벼워질 수 있었다. 그때부터였다. 나는 고여 있는 감정을 글을 통해 해소하기 시작했다.

한번은 소중한 물건을 잃어버렸다. 친구가 만들어 준 십자수 핸드폰 고리였는데 감쪽같이 사라져 버렸다. 서랍을 뒤집어엎어도 찾지 못한 나는 속상함을 달래기 위해 짧은 글을 썼다. 그 글

속에는 '잃어버린 물건들의 세계'가 있다. 그곳에 내가 평생 잃어버린 모든 물건이 모여 있다. 언젠가 다시 나를 만나길 기다리면서 말이다. 상상일 뿐이지만 희한하게 위로가 되었다.

《이 아이를 삭제할까요?》의 줄거리를 처음 떠올린 것은 고열에 시달리다가 겨우 회복한 아이를 어린이집에 보내고 지하철에 올라탄 출근길에서였다. 만원 지하철은 손잡이를 잡을 공간도, 핸드폰을 가방에서 꺼낼 공간도 허락하지 않았다. 나는 문 쪽에 위태롭게 몸을 기댄 채 시간이 지나기만을 기다렸다. 그런데 갑자기 눈물이 터졌다. 닦을 수도 없는 눈물이 턱 밑으로 떨어져 내렸다. 지하철에서 내려 회사로 향하는데, 이야기가 떠올랐다. 내가 써 본 적 없는 새로운 스타일의 이야기가, 상상해 본 적도 없는 세상이 머릿속에서 부풀었다. 그리고 부모의 걱정과 통제가 무색하게 자기만의 방식으로 세상을 배워 나가는 아이들이 떠올랐다. 이 이야기를 꼭 써야겠다고 생각했다.

아이를 낳고 난 뒤 나는 줄곧 겁에 질려 있었다. 이 소중한 존재가 나의 부주의와 미숙함 때문에 혹여나 상처 입을까 봐, 나의 성격적 결함으로 아이가 행복하지 않을까 봐 매 순간 두려워했다. 눈물은 심각하게 많아졌다. 뉴스에서 나오는 각종 사건 사고, 약자에게 일어나는 폭력, 전쟁 난민 등, 그 모든 슬픔과 불행을 감당할 수가 없어서 뉴스를 덜 보기 시작했다.

솔직히 고백하자면, 나는 이 글을 나 자신을 위로하기 위해 쓰기 시작했다. 겁에 질린 채 엄마의 삶을 배워 나가는 나 자신을 격려하기 위해서였다. 어린 시절에 내가 버림받은 아이와 잃어버린 물건들의 이야기로 위로받았듯이, 나와 같은 연약한 부모의 이야기로 위로받고자 했다.

하지만 이야기를 완성한 뒤 깨달은 건, 나를 위로해 준 건 아이들이라는 사실이다. 이야기의 주인공인, 자신을 통제하는 세상에서도 용감하게 길을 찾아 나가는 아이들은 겁먹은 어른들에게 길을 보여 주었다.

이는 현실에서도 마찬가지다. 이제 막 초등학생이 된 아이가 학교 정문에서 자기가 속한 새로운 사회로 걸어 들어갈 때, 엄마의 시선이 닿지 않을 만큼 먼 곳으로 킥보드를 타고 가 버릴 때, 진지한 얼굴을 하고 줄넘기 2단 뛰기에 도전할 때, 나는 깨닫는

다. 내가 느끼는 끝도 없는 불안은 그저 나에게 속한 감정일 뿐, 아이들은 주저 없이 거침없이 성장해 나갈 것이다. 어른들이 할 수 있는 일은 그저 한 발자국 물러나서 아이들이 스스로 방향을 정할 수 있도록 지켜봐 주는 것, 그게 전부일 것이다.

오래 묵은 원고를 세상에 내놓을 수 있게 해 준 '도서출판 다른'에 감사드린다.

글 쓰는 배우자, 글 쓰는 엄마를 자랑스럽게 (또는 신기하게) 생각해 주는 남편 박태준과 아들 시윤이에게 사랑을 전한다. 또한 사랑으로 나를 키워 주신 부모님께 감사드린다.

항상 나를 있는 그대로 보아 주는 친구들과, 멋진 프로필 사진을 찍어 주신 이원재 실장님께도 감사를 전하고 싶다.

고작 나 자신을 위로하기 위해 쓴 글이지만, 그래도, 욕심을 부려 본다. 독자들께 작은 위로라도 전할 수 있기를. 그렇다면 더 바랄 게 없을 것이다.

2024년 여름, 김지숙

도넛문고
10

다른 포스트

뉴스레터 구독

이 아이를 삭제할까요?

초판 1쇄 2024년 9월 2일
초판 2쇄 2024년 10월 14일

지은이 김지숙

펴낸이 김한청
기획편집 원경은 차언조 양선화 양희우 유자영
마케팅 정원식 이진범
디자인 이성아 김현주
운영 설채린

펴낸곳 도서출판 다른
출판등록 2004년 9월 2일 제2013-000194호
주소 서울시 마포구 동교로27길 3-10 희경빌딩 4층
전화 02-3143-6478 **팩스** 02-3143-6479 **이메일** khc15968@hanmail.net
블로그 blog.naver.com/darun_pub **인스타그램** @darunpublishers

ISBN 979-11-5633-629-7 44810
　　　　　979-11-5633-449-1 (SET)

다른 생각이
다른 세상을 만듭니다